サーカスの夜に

イラストカット　西淑

I

僕は今、道なき道を走っている。

餞別にとおじさんがくれたオンボロ自転車は、大人用だった。自分で望んだことだけど、やっぱり僕の体には大きすぎる。爪先をまっすぐ伸ばさないと、ペダルに足が届かない。茶色く錆びたチェーンからは、ひっきりなしに耳障りな音が響いている。

今はゴーストタウンになっているこの辺りにも、昔は人が住んでいたらしい。けれどかつての家々は、風にさらされ、廃屋同然になっている。本当にこの場所が新興住宅地だったのかと疑問に思うほど、今は人の気配が全くない。グランマが見せてくれた昔の写真には、青々とした草が生えて、小川には水が流れ、そこには魚も泳いでいたというのに。

そろそろ、陽がかげってきたみたいだ。荒れ果てた乾いた地面に、僕を乗せた自転車の影が細長く伸びている。決闘を挑むように、空気の固まりがぶつかってきた。自転車ごと、紙くずみたいに吹き飛ばされそうになる。風をはらんだシャツの背中が、大聖堂のように膨らんだ。

片手でハンドルを握ったまま、昼間は日よけにしていたグランマのスカーフを、今度は首に巻きつけた。グランマの匂(にお)いに、急に胸が苦しくなる。スカーフは、グランマからの餞別だった。今頃グランマは、スカーフを手放したせいで寒い思いをしていないだろうか。

どうやら左手一帯に広がっているのは墓地のようだ。でも、立派なお墓などどこにもない。ありふれた石ころや布の切れ端に、もうこの世にはいない人達の名前が刻まれている。

墓地を通り過ぎて数十秒後、何もかもが息をするのをやめたみたいな静けさが訪れた。さっきまで暴れ狂っていたあの風は、いったいどこに消えたのだろう。ただ、強風と一緒にかすかな光の余韻まで連れ去られたらしく、すでにもう完全に夜が世界をつかさどっている。

見上げると、いくつか小さな星が瞬(また)いていた。曇りのない空間に月と星だけがかがやく夜空は、昨日まで町で見上げていた空よりも、ずっとずっときれいに見える。グランマやおじさんにも、この星空を見せてあげたい。

時々、きゅるるるるっと甲高い音がして、ハッと目を開けた。その瞬間、自分が半分眠りながら自転車をこいでいたことに気付いて恐ろしくなる。最初は、野ネズミでもひいてしまったのかと思った。でも、いよいよ自転車が悲鳴を上げて、痛みを訴えるように大声で叫ぶのだ。もう無理だ、限界だと、拳（こぶし）を振り上げ、地団太を踏むように。それでも前に進むしかない。朦朧（もうろう）とした意識の中で、僕は、グランマが迎えに来てくれた日のことを、ぼんやり思い出していた。

　両親がふたり揃（そろ）っていなくなったあの家で、僕はひとりぼっちだった。父さんは、母さんが僕を引き取ると思い込み、母さんは、父さんが僕を引き取ると信じていた。けれど、結局どちらも僕を引き取らず、お互い、新しい恋人と他の町に移り住んだ。

　でも僕は、そんな両親を責めようとは思わない。深刻な病気を抱えて生まれた僕を、二人は精いっぱいの愛情で看病してくれた。二人の仲がうまくいかなくなったのは、皮肉にも、僕の病気が治ったからなのだ。それまでは僕の病が蝶番（ちょうつがい）となり、離れそうになるふたつの心を、ある一点でぎゅっとひとつに結びつけていた。だけど病気が治ったとたん、二人は共通の敵を見失ったかのように、途方に暮れ、手持ち無沙汰（ぶさた）になり、結果として別々に生きる道を選んだ。

　だから、両親が悪いんじゃない。悪いのは、僕の病だ。それに、ずっと前にもう両親とは離れてしまったから、正直なところ、あまり記憶に残っていない。グランマがいつもそばにいてくれたおかげで、僕は人が想像するよりも幸せだった。

僕とグランマとの間に、血のつながりはないという。父さんの父さんが再婚した相手がグランマだったか、母さんの父さんが再婚した相手がグランマだったか、確かそんな間柄だった。でも、僕にとってもグランマにとっても、そんなことはどうでもいいことだ。

ひとり家に取り残されジグソーパズルで遊んでいた僕を、グランマは自転車の荷台に乗せ、自宅に連れて帰った。年金生活者のグランマが借りていたのは、町の外れにある粗末なアパートの屋根裏部屋で、天井が斜めに傾いた秘密基地のような空間だった。ベッドはひとつしかなく、僕とグランマは奇妙な具合に手足を折り曲げ、パズルのように上手（うま）くその中に収まった。

アパートの一階にはタバコ屋があり、その店主がグランマの遠い親戚筋（しんせきすじ）にあたる人物だった。彼はアパートの大家であり、僕が「おじさん」と呼んで親しくしていた人だ。僕が乗っているこの大人用の自転車を調達してくれたのも、おじさんだった。だから僕にとって家族とは、グランマとおじさん、このふたりである。

そんな僕が十三歳になったのは、ほんの半月ほど前のことだった。でも、十三歳には決して見えない。見た目は多分、十歳くらいだ。

グランマは僕と暮らし始めて以来、誕生日がくるたびに、屋根裏部屋の柱に僕の身長を記録し続けた。僕が成長することは、グランマにとって大きな喜びの一つだった。けれど、僕の身長は、ある時期を境にほとんど変わらなくなった。

最初は気のせいかと思ったけど、ある時グランマに連れられて街の大きな病院で診てもらったら、病気なのだと言われた。子どもの頃に服用していた薬のせいで、成長ホルモンの分泌（ぶんぴつ）が止まり、僕はもうこれ以上大きくはならない体になったという。その薬のおかげで、幼い頃の病が治ったというのだから、皮肉なものだ。

僕よりも、グランマの方がショックを受けていた。僕だってもちろん落ち込んだけど、僕の力じゃどうしようもない。それにこの国には、もっと大変な子ども達がたくさんいる。生きているだけで幸せなんだって、グランマはいつも言ってくれる。

でも二十歳や四十歳や、六十歳のおじいさんになった時、僕はどうなってしまうのだろう。子どもの姿をしたおじいさんだなんて……。

グランマは、月々もらえる遺族年金のほとんどすべてを食糧にかえ、僕に栄養のある物を食べさせてくれた。ごはんを食べれば僕が大きくなるのだと、完全に信じて疑わなかった。見た目で言ったらグランマの方が僕より何倍も大きいのに、食事の量は僕の方が多かった。

朝からニンニクソースのたっぷりかかったステーキが出ることもあれば、おいしくないけれどビタミンや食物繊維などが豊富に含まれている果物を山ほど食べさせられることもあった。魚の唐揚げは僕だけがいつも丸ごと一匹与えられたし、おやつには、骨せんべいが常備されていた。魚の骨を丁寧に乳鉢ですりつぶし、そこから作る魚のスープは絶品だった。

グランマは、ごはんを食べる僕を愛おしそうに見つめながら、自分はいつも、干からびかけたライ麦パンを安く買い取ってきて、スープに浸しながら齧っていた。いくら僕が分けて食べようと提案しても、グランマは首を縦に振らない。しようがなくて僕は毎回、グランマの作ってくれたご馳走を残さずに平らげた。それが唯一、グランマを喜ばせる行為だと知っていたからだ。それでも一向に僕の体は成長せず、グランマだけが年老いた。

このままでは最悪の事態が起こってしまう。僕は次第に、恐怖におののくようになった。

最悪の事態とは、グランマがいなくなってしまうことだ。僕にとってグランマは、世界のすべてと言っても過言でない。そんなグランマを失うことは、自分以外のすべてをなくすということだ。嫌だ、嫌だ、絶対に嫌だ。僕はグランマがいなくなることを想像して、グランマが寝入ってから、よく声を殺して泣いた。

死んだように眠るグランマの鼻先に手をかざし、息をしているか確かめたことだって何度もある。だから僕は、この状況をなんとか打開したかった。

きっかけを作ってくれたのは、おじさんだった。

ある日、いつものように、おじさんが読み終わった新聞をもらいにタバコ屋のカウンターまで行くと、ほら、と新聞紙と一緒に紙の包みをくれたのだ。

何？　とたずねると、

「砂糖、いい黒砂糖が手に入ったんだよ」

おじさんは温和な口調で答えた。砂糖は貴重品だし、特に黒砂糖はグランマの大好物だった。その場で、こぼさないよう慎重に紙の包みを広げた。

その瞬間、ねずみのおならみたいに、ぽわんと甘い匂いが鼻腔(びこう)を満たした。けれど、僕の心をとらえたのは、こげ茶色の甘い固まりではなかった。

「ＲＡＩＮＢＯＷ　ＣＩＲＣＵＳ？」

砂糖の粉を手で払いながら、質の悪いブルーの藁半紙(わらばんし)に書いてある文字を読み上げた。砂糖の固まりを脇(わき)にどかすと、下から、大きなボールの上で玉乗りをする象の絵が現れた。

「おじさん、これってもしかして、この町にサーカスが来るってこと?」

サーカスという単語に、すでに僕の体のどこかがぴくぴくと脈を打ち始めていた。

「どうしたんだ、坊や、そんなに興奮して」

おじさんは、コインで宝くじの番号を削る作業を中断し、チラシの方に視線を移した。僕の鼓動はジェット機みたいに急上昇し、心臓を囲む肋骨の骨組がひび割れ、今にも崩壊しそうだった。

「クリスマス特別公演をやるらしいな」

おじさんは藁半紙の表面を一瞬だけ見ると、さほど興味がなさそうな態度でつぶやいた。

「ねぇ、場所はこの近く?」

胸の動悸をなだめすかしながら、なんとか声をしぼり出す。もしかしたら、おじさんにも僕の心臓の音が聞こえていたかもしれない。けれど、おじさんからの返事はない。

「ちゃんと見てよ」

そこには、僕の知らない単語が書かれている。

「番外地って書いてあるみたいだが」

相も変わらず、おじさんは素っ気ない態度で答えた。

「バンガイチ？　それって、どこにあるの？」

「だから番外地は番外地だよ。住所を剝奪された土地のことさ」

それっきり、おじさんは興味を失ったのか、宝くじに集中した。こうなったら自分で調べるしかないと、僕は新聞と黒砂糖の包みを持ち、慌てて屋根裏部屋に引き返した。

サーカス、サーカス、サーカス、サーカス。

心の中でその言葉を唱えるだけで、あの時の興奮が甦った。両親に連れられ、最後に家族そろって一緒に見に行ったのが、サーカスだった。目を閉じると、まるで録画した古いビデオテープを見るみたいに、はっきりとあの日の夜の出来事を思い出した。

屋根裏部屋に戻って黒砂糖をガラス瓶に移すと、僕はチラシの表面についた甘い粉を払い落とした。それから藁半紙の角と角をきっちり合わせて折り畳み、ズボンのポケットに仕舞い込んだ。

以来僕は、グランマの作った手こねパンを咀嚼しながら、マットレスの布団叩きをしてダニを追放しながら、洗濯物を窓辺に吊るしながら、雑巾で床を磨きながら、グランマの硬い肩をもみながら、ずっとずっとサーカスのことばかり夢見るようになった。

　レインボーサーカスという響きが、本当にぺったりと頭にこびり付いて離れなくなってしまったのだ。それは、いくら舐めても永遠に小さくならない魔法のキャンディのようで、何回でも僕の脳味噌を心地よく麻痺させた。

　僕の心は、その夢の種から芽吹いた若葉や花でいっぱいに満たされ、あっという間にジャングルと化した。寝ても覚めても、のぼせているような、ほてっているような、風邪を引いて微熱を出しているような、夢うつつの状態が続いていた。

　勘の鋭いおじさんは、僕の異変に目ざとく気づき、僕が恋煩いをしているんじゃないかと指摘した。坊やにもとうとう好きな女の子ができたんだな、そんなふうに言って、うれしそうにからかった。確かにそうかもしれない。でも、相手はサーカスだった。こんな気持ちになるのは、生まれて初めてだ。ずっと胸の奥が何かにくすぐられているようで、だけど常におなかがいっぱいで、とうとうグランマが用意してくれる山のような食事も、すべてを食べきることができなくなった。それでもグランマは毎日、大量のごはんを作り続けた。

　今年も、ハロウィンの一週間後にあった僕の誕生日を、グランマとおじさんが祝ってくれた。そば粉のパンケーキ、ひよこ豆のペースト、オニオンリング、林檎（りんご）とクルミのサラダ、そしてオムライス。小さなテーブルには、僕の好物ばかりが並んでいる。グランマは、本当は僕が肉や魚よりも野菜の方が好きだということを知っているのだ。

ささやかだが愛情たっぷりの誕生会は、滞りなく進行した。おじさんは毎年、隣の町にある洋菓子店に特注し、豪華なデコレーションケーキを買ってきてくれる。ろうそくを十三本立てて火を灯（とも）してから、ふたりは精いっぱい声をそろえて、バースデーソングを歌ってくれた。

ふーっ。

十歳の体で、力いっぱい十三本のろうそくを吹き消した。

最後の一本がようやく消えると、辺りには蠟（ろう）の溶ける少し嫌な臭（にお）いが充満した。ぜんそく気味の僕を気遣い、すかさずグランマが窓を開け、空気を入れ替えてくれる。びゅんと、冷たい北風が吹き込んできた。

「お誕生日、おめでとう」

グランマは、感極まった声でそうつぶやきながら、スイッチを押して明かりを点（つ）けた。それからまた窓を閉め、ケーキを切り分けるためのナイフと皿を取り出そうと、食器棚に手を伸ばした。バタークリームたっぷりのデコレーションケーキは、僕よりもむしろ、グランマを大いに喜ばせる。

今しかない。今ここで言わなければ、この屋根裏部屋から一生出られなくなる。勇気という名の大きな風が、僕をぐんと未来に押し出した。

「僕、サーカスに入ろうと思ってるんだ」

十三歳になっても相変わらず甲高い声が、しんと静まり返った屋根裏部屋によく響く。僕は、ずっとポケットにしまってあったレインボーサーカスのチラシを取り出し、ふたりにも見えるよう、テーブルの上に広げて置いた。

「ここに行くって決めたから。ほら、団員募集中って書いてあるでしょう」

僕は、図書館分室に置いてある辞書で何度も何度も確認した、今にも消え入りそうな小さな文字を指差した。グランマは、思いつめたような無表情さで、チラシの一点だけを見つめている。

「だけど坊や」

口火を切ったのは、グランマではなくおじさんだった。

「まだ十三歳で、働かせてもらえるのかい?」

おじさんの声はいつも以上に穏やかで、落ち着き払っていた。その優しい声が、逆に不気味で恐ろしかった。

「年齢制限は書いていないよ。だからきっと、十三歳でも入れてもらえると思う。それに、僕よりもっと小さい子達だって、靴磨きとか屑拾い(くずひろ)いとかして、ちゃんと働いているじゃないか。僕だけが特別じゃないよ」

反対された時の反論は、前もっていろいろと考えていた。

「それはそうだろうけど。でもこの人は、グランマはどうなるんだ？」

さっそくおじさんは、痛いところを突いてきた。でも、ここで引き下がるわけにはいかない。

「グランマには、おじさんがついてるじゃないか。それに僕は、永遠にここを出る訳じゃないし。また、会えるよ。僕はただ……」

あふれる言葉に飲み込まれて、自分自身がおぼれそうだった。その時、グランマが言った。

「私は断じて反対だよ」

未(いま)だかつて一度も、グランマと言い争いなどしたことがない。僕は、グランマと意見が違うということに絶望した。

「サーカスって、お前、どんな所か知っているのかい？」

グランマの顔は、明らかに青ざめていた。両手を胸の前に組んで天井を見上げ、何かを必死に祈っている。

「もちろん知っているよ」

僕は続けて、両親が最後に連れて行ってくれたサーカスのことを話そうと思った。けれど、グランマはそれをさせてくれなかった。

「あそこは、いかがわしい人間が集まる卑(いや)しい場所だよ。人さらいの集団に自分から飛び込むなんて、そんな馬鹿(ばか)げた真似(まね)……」

グランマはそう嘆くと、いかにもおぞましい光景を目(ま)の当たりにしたかのように、忌々(いまいま)しそうな表情を顔中に貼(は)り付けたのだ。

「そんな小さな体で……」

そう呟(つぶや)くグランマの声が、再び僕を奮い立たせる。

覚悟を決めてグランマに言った。

「僕は、小さいからサーカスに入りたいんだ。一生、チビだからだよ。こんな体で、普通の仕事ができる訳ないだろっ。どんなに大人になっても、知らない人は僕のこと、十歳の子どもだと思うんだ。そんなの、悲劇だよ。僕は、悲劇のヒーローになんてなりたくない。こんな体でも、ちゃんと生きていきたい。だから、自分にできる仕事がしたいんだ。それに僕、」

そこまで一気に喋(しゃべ)ったら、堪えていた想(おも)いが涙となっていっせいに吹きこぼれた。ふたりの前で涙を流すのは、心の底から悔しかった。けれど、止めようとすればするほど、僕の意思に反して涙がこぼれる。涙だけでなく、鼻水までが流れ、完全に堤防が決壊してしまっていた。もう、自分でも収拾がつけられない。

「坊や」

おじさんは、泣きじゃくる僕の背中を優しく撫(な)でた。いつだって、おじさんの手のひらはふかふかと柔らかく、温かい。その温(ぬく)もりが、ますます僕を孤独にする。僕はただ、グランマを助けたいのだ。グランマが僕を助けてくれるように、僕だってちゃんと自立してグランマの力になりたい。それだけなのだ。

そんなことがあって僕は、慣れ親しんだグランマの屋根裏部屋を出て、番外地を目指し自転車を走らせている。

今、何時なんだろう。グランマのことを思い出したら、急に何かを口に含みたくなった。左手でポケットの奥を探り、ミルクキャラメルを一つ取り出す。もたつくような指でようやく包みからキャラメルを出し、口に入れた。疲れているせいか、全く甘さを感じなかった。まるで、プラスチックの固まりを舐めている気分だ。

ふと顔を上げると、信じられないような星空が広がっていた。夜空にこんなにもたくさんの星が輝いていたなんて、十三年間ずっと知らずに生きていた。

しばらく星空を見上げたまま自転車をこいでいたら、どんどん頭がさえて、何の根拠もないのに、きっと大丈夫だという安心感のようなものが心の大地に芽をのぞかせた。これが噂（うわさ）の「希望」という代物（しろもの）だろうか。星の輝きの一個一個から、勇気という名の透明な糸が僕をめがけて降りてきて、何かとても大切なものを、体や心に優しく注いでくれたような気がしてならなかった。

次にまた上空を見上げた時には、もうほとんどの星は見えなくなっていた。月も、まったく別の方向に動いている。さっきまでと自転車の乗り心地が違うと思ったら、どうやら道路が舗装されているらしいのだ。そのせいで、体に伝わる振動が弱まり、楽にこげる。

自転車は滑るように前進した。今度は強い追い風が、背中を前へ前へと押し出してくれる。

やがて太陽が顔を出すと、辺りはこれ以上ないくらいのまぶしい光に包まれた。

その時、遠くにゲートのようなものを見つけた。ある予感が僕を励まし、無我夢中で自転車を飛ばす。逆光のせいであまりよくは見えないけど、確かに文字が書いてある。

「レインボーサーカスへ、ようこそ！」

僕は歓喜の雄たけびを上げた。

ついに、番外地まで辿（たど）り着いたのだ。

僕は最後の力をふりしぼり、全速力でゲートの下をくぐり抜けた。

2

気がつくと、僕はベッドに寝かされていた。何か小刻みに揺れる振動のようなものを感じる。一瞬、まだ自転車に乗っているのかと思った。でも違う。振動は、背中を中心にした上半身全体に伝わってくる。目を開けると、低い天井が見えた。天井もまた、かすかに揺れている。僕は一体、どこにいるのだろう。染みだらけのすすけたカーテンの向こうは、まだ夜が明ける前で薄暗い。

どこかで野良猫が鳴いているのだろうか。そう思って音のする方を探り当てると、隣のベッドが不自然な形で盛り上がっていた。時々、何かを強く吸い込むような、秘密めいた音がする。

僕はさりげなく寝返りを打って、壁の方に体を向けた。音はだんだん大きくなって、途中からは甘くしっとりと湿った声も混ざるようになった。そこにいるのは、二匹、いやふたりのようだ。ため息のような、嘆きのような、そんな声がする。

ぎゅっと目を閉じ、遠くに離れてしまったグランマのことを想っているうち、僕はまた深い眠りに落ちたらしい。次に気がついた時には、完全に空が明るくなっていた。すぐそばで、何かを焼いているような香ばしい匂いがする。僕は、もぞもぞとベッドの上に上半身を起こした。

僕がいるのは、四角い箱のような空間だった。その一角にある小さなキッチンに、若い女の人が立っている。

「あのぅ」

遠慮がちに声をかけると、お姉さんは僕の方を振り向いて、手にフライ返しを持ったまま、少し驚いたような顔をした。それから、僕のそばへと近づいて言った。

「大丈夫？　どこか痛いところはない？　意識はちゃんとしてる？　自分の名前は思い出せる？」

あぁ、そうか。この人にとって、僕は十歳の男の子なんだ。でも、どう自己紹介をしたらいいんだろう。今までだったら、グランマが一緒にいて、僕を傷つけない言葉を選び、しかも相手にもすぐにわかる適切な説明をしてくれたものだ。でももう、僕を助けてくれる人はいない。そんなふうに思って途方に暮れそうになった時、

「おーい、ローズ」

今度は箱の外から、男の人の声がした。

「はいはい、今持って行くから、ちょっと待っててー」

ローズと呼ばれたお姉さんは、すぐに棚からタオルを取り出すと、それを持って外に出ようとする。部屋の一角に、バスの昇降口に似た、小さなドアが取り付けられていた。

「ボク、ごめんね。悪いんだけど、フライパンの目玉焼き、引っくり返しておいてくれるかな？」

外に出る寸前、ローズが僕の方を振り返った。

僕は慌ててベッドから下り、キッチンの方に近づいた。いつの間にか靴も靴下も脱いで、裸足(はだし)になっている。おいしそうな目玉焼きが、フライパンの中でじゅーじゅーといい音を立てていた。僕はすぐにそれを裏返した。こんがりといい色に焼けた目玉焼きを見ていたら、急におなかが空腹を訴える。

僕が目玉焼きの番をしていると、ローズと一緒に男の人が入ってきた。僕の頭に手のひらをのせるなり、こうたずねた。

「迷子になったのかい？　おうちは、どこだい？」

その優しい響きにつられて、僕は本当に十歳の子どもに逆戻りしてしまいそうだった。

ふたりの説明によると、どうやら僕は、一昼夜以上、ここで眠り続けていたらしい。昨日の夜明けに、僕がこの近くで倒れているのをローズが見つけ、この男の人に頼んで中に運び込み、寝かせてくれたらしいのだ。そして丸一日、いやそれよりももっと長い時間、僕はベッドで眠っていた。どうりで、背中が痛いわけだ。

「とにかく、坊やも早く顔を洗ってきて。目脂がいっぱいついてるわ。外にドラム缶があって、そこに水が溜まっているから。タオルはトロが使っていたのを持って行って。早くしないと、せっかくの朝ごはんが冷めてしまうわよ」

ローズはせっかちな様子でそう言いながら、僕の肩を数回叩いて、外に出るよう促した。僕の靴は、箱の外に転がっている。

外に出てからはじめてわかったのだけど、辺りには、同じような作りのたくさんの箱が並んでいる。整列というよりは、ルールもなく無造作に置かれているようだ。几帳面なグランマが見つけたら、目をつり上げていたに違いない。下にタイヤがついているから、このまま車につないで移動できるのだろう。

まるで、違う時代の違う星に迷い込んでしまった気分だった。僕の背よりも高いゴミ箱には、あらゆる種類のゴミがうずたかく積まれ、その周りにはたくさんのハエがたかっている。様々な支柱につないで吊された洗濯物が、まるで万国旗のようにはためいていた。グランマが見たらその場で卒倒しそうなほど、超ド派手な洋服ばかりだ。僕がドラム缶の在りかを探り当て、そっちの方に向かって歩いていると、WCと書かれた小さな建物から、すらりと背の高い女の人が出てきた。一瞬僕は、よそ者がいることを咎められるのではと身構えた。けれど彼女は、何も気にとめる様子もなく、僕の横をすり抜けた。

すれ違い様、彼女から、ちょうどよく熟れた果実に似た、甘くていい香りが流れてくる。長い黒髪が印象的な、とても魅力的な人だった。

僕はドラム缶に取り付けられた蛇口をひねって、水を出した。ローズの指摘した通り、僕の目じりには、小石のようにじゃりじゃりと目脂がたまっている。

顔を洗ってタオルで拭きながら、トロとローズの箱に戻った。箱の外壁に、バラの花びらのシールが貼ってあったので、なんとか間違わずに戻ることができたのだ。行ってみると、朝食の準備はほとんど整っている。どうやら、箱の外の椅子で食べるらしい。

「遠慮なく、たくさん食べてね」

ローズが急きょ、僕の分の目玉焼きも焼いてくれた。それを、トーストした食パンに挟んで食べた。空腹が頂点に達していたこともあり、まるで胃袋から長い手が伸びて、口に入れた食べ物を片っ端からかっさらっていくようだ。食パンの間から、とろけた黄身が垂れるので、こぼさないよう夢中でほおばった。

「本当はベーコンなんかあったら、もっとおいしかったんだろうけどね。坊や、よかったらお姉さんの分も食べて」

ローズはさっきから、お茶ばかり飲んで、パンにも目玉焼きにも口をつけていない。

「いらないの？」

僕がたずねると、

「つわりが重くて、食べる気がしないのよ」

ローズが沈んだ表情を浮かべて答えた。

「つわり？」

「そう、おなかに赤ちゃんができるとね、一時期ごはんが食べられなくなるの」

ローズが眉毛(まゆげ)を八の字に下げ、わざと冴(さ)えない表情を作る。

「お茶は平気なの？」

「えぇ、このお茶だけは平気。私のふるさとで育ったバラの花びらを乾かしてお茶にしたものなのよ。だから、これさえ飲んでいれば、大丈夫よ」

「ローズにとって、バラがソウルフードってわけさ」

そう言うとトロは、手に持っていた皿を地面に置き、ローズの肩を引き寄せた。

トロがローズの首筋に数回口づけをすると、ふたりは僕の目の前で唇を合わせた。

僕は、目を逸らすことすらすっかり忘れ、ふたりの様子に見入っていた。まるで、お互いがお互いを食べているみたいだったからだ。すると、

「こらっ」

ついさっきまでうっとりとした表情を浮かべていたローズが、いきなり目を開けて僕の方をにらんだ。

「こういうシーンになったらね、子どもは目を閉じるのが礼儀なのよ。トロもトロよ。幼い子の前で、こういうことはしない約束でしょう？」

ローズは、精いっぱい怒った表情を浮かべている。でも、少しも迫力がない。

「ごめんなさい」

僕とトロの声が重なった。その瞬間、ローズとトロはどちらからともなくクスクスと笑い出した。僕も笑った。でも、ふと思い出して、きっぱりと言う。

「僕、こう見えても子どもじゃないんです。病気のせいでこれ以上大きくならないんです。見た目は確かに十くらいにしか見えないけど、実際は十三歳です」

「ごめん」

今度はローズが謝った。ただ、あまりにもしょげた顔をするので、逆にこっちが申し訳なくなってしまう。僕は気持ちを切り替え、今度はトロの方を向いて言った。

「お願いです。僕をこのサーカスに置いてください。僕、ここで働きたいんです！」

切り出すタイミングを間違ったのかもしれない。手にしたトーストから、卵の黄身が垂れてくる。ローズもトロも黙ったまま、困った表情を浮かべた。

「お願いします!!」

けれど今更引き返せなくて、僕は再度懇願した。

「何でもします。僕にはもう、ここしかいる場所がないんです……」

そのまま数秒間黙っていると、トロが話し始めた。

「お前の気持ちは、ちゃんと受け取った。でも今、俺達がここで返事をすることはできないんだ。どんな些細なことでも、最終的な決定権があるのは団長だから。だからあとで、団長に会わせてやる。それは約束する。そこで、お前が直接気持ちを訴えるんだ。その気持ちが通じれば、お前もこのサーカス団の一員になれる。すべては、お前次第だ」

トロの言葉を聞き終えてから、僕は急いで食べかけのトーストを飲み込んだ。

朝食後、ローズの家事を手伝った。食器を洗って片づけたり、箱の中を掃除したり、窓を磨いたりしながら、ローズは僕にいろんなことを教えてくれる。

彼女は、国立サーカス学校の卒業生なのだという。在学中、ある病院に慰問の実習をしに行ったらしいのだ。その頃、同じ病院に先輩として来ていたのが、トロだった。

「そこで、ふたりは恋に落ちたんだね」

わかったようなふりをして、僕は言った。

「その通りよ、少年。それですぐに赤ちゃんを授かったの」

僕だって、もう十三歳だから、どうやったら赤ん坊ができるのかくらい、知っている。

「だけど私、まだ正式にはトロの奥さんじゃないのよ」

ローズの口調は、ちょっと投げやりな空気を含んでいた。

「どういうこと？」

「私の両親が反対しているから。両親はもともと、私をサーカスの曲芸師にしようなんてつもり、毛頭なかったの。子どもの頃、日曜日に開かれているサーカス教室に通ううちに、私、のめり込んじゃって。両親は、私がサーカス団に属すること自体、反対なの。しかも、ここはサーカスの中でも流れ者中の流れ者でしょ。そんな場末のサーカス団の男と結婚するなんて、許せないみたい。自分達の子孫を、根なし草にはしたくないんですって。だからまだ、トロとも会ってくれないの。でも、赤ちゃんの顔を見れば、両親の気持ちも変わるかと思って。その時に、ちゃんと式を挙げようって、トロと話しているの」

ローズの動かす手元から、キュッ、キュッ、キュッ、といかにも窓がきれいになったことを知らせるような音が響いてきた。流れ者中の流れ者のサーカスって、一体どういうことなのだろう。でも、なんとなく聞きそびれた。ローズの両親の態度は、グランマと同じ類のものかもしれない。

「だけど少年は、どうしてサーカスになんか興味を持ったの？　今ならもっと、たとえば運動選手とかパティシエとか、憧れる職業がいっぱいあるでしょうに。君と同じ病気で世界的に活躍しているサッカー選手もいるはずよ」

ただ、サッカー選手もパティシエも、僕には全く遠い世界だった。それが人気の職業かどうかも、はっきりわからない。

「家族で見に行ったんです。両親が離婚する前。今から思うと、三人の思い出作りだったのかもしれないけど。僕、あの時本当にうれしくて。サーカスなんて見るの、初めてだったし。しかも、特別に一番前の席を取ってくれたから」

気がつくと、僕は自分が十三歳であることも忘れ、甲高い声でべらべらと喋っていた。

「それは素敵な出会いだったのね」

ローズが、目を細めて優しげな表情をする。一緒にいるうちにだんだん気付いたのだけれど、時々ローズの体から、ふわぁっと本物のバラの花の香りがするのだ。

僕の心をひときわ捕えたのは、鳥のショーだった。

「その時、鳥使いのお姉さんに呼ばれて、ステージの中央に立ったんだよ。色とりどりの鳥達が、ぐるぐると会場中を同じ方向に飛びまわってた。隣のお姉さんが特殊な合図を送ると、鳥達が今度は方向を変えて、逆向きに飛び始めるの。お姉さんがまた違う合図を送ったら、今度はその中のリーダーみたいな大きい鸚鵡が、僕の方をめがけて翼を広げて飛んできたんだ。お姉さんが小声で、大丈夫よって言ってくれた。そしたらいつの間にか僕の頭の上に帽子がのせられていて、そのリーダー格の鸚鵡が僕の頭に止まったんだ。なぜだかみんな、大爆笑だった。僕は自分の頭がどうなっているのか見えないからどう面白いのかわからなかったけど、ちらっと両親を見たら、ふたりがすっごく楽しそうに笑ってた。それまで、ずっとケンカばっかりしていた父さんと母さんが、笑顔になっていたんだ。僕、ものすごく嬉しくなって。サーカスって、なんて素敵なんだろう、って思った。でも、その時はまだ、自分がサーカスに入りたいなんて、思っていなかったけどね」

僕はうっかり、ローズに話しているということさえ、忘れそうになっていた。でもいまだに、僕の頭をめがけて鸚鵡が飛んできた時の、独特な生ぬるいような風の感触が忘れられない。

「そんなことがあったんだ」

ローズは僕の話を聞き終えると、納得したようにうんうんと首を縦に振った。そして、

「少年のおかげで、この中がとってもきれいになったよ、ありがとう」

と付け足した。その時、

「おーい、少年はいるかー」

外からトロの声がした。

僕は弾(はじ)けるように箱の窓から顔を出す。トロの上半身が、汗でテカテカに光っている。

「頼む、あそこのシートを、下までおろしてほしいんだ」

トロは、ドーム形の骨組のてっぺんを指差した。確かに、半円形のドームの途中ま

で、シートが巻き上げてある。

「もう、鉄骨がさびているから、大人が乗ると壊れるかもしれないんだよ。悪いな。団長が、今週末からクリスマス公演を始めるって言い出してさ、今日中に設置を終えないと間に合わないんだ」

「でもクリスマス公演は来月からって、チラシに書いてあったけど。予定が変更になったってこと？」

「うちみたいなサーカスに、予定なんてないさ。予定はあくまで仮のもの。その日その時、風の吹くままに生きてるだけさ。団長が、天気を見て判断したんだろう。今夜あたりから急に寒くなるらしいから。寒くなると、人はサーカスが恋しくなって、テントの中に集まってくるのさ。サーカスは、何よりもタイミングが大事だからね。それより、あそこのシート」

　トロが、じれったそうにまたドームのてっぺんを指差す。

「わかったよ」

　僕は、なるべく普通に返事をした。サーカスに関する仕事を頼まれたことが、誇らしかった。でも本当は、トロの期待に応えられるかどうか不安でいっぱいだった。

　僕は、ドーム形の骨組を伝って、上へ上へとのぼった。下から見る限りではそれほど高いと思わなかったけれど、実際のぼってみると、かなり高い。下から指示を出すトロの頭が、どんどん小さくなっていく。

いろいろ想像すると足がすくみそうだったので、なるべく空を見るよう心がけた。向こうに見えるビル群は、開発中の新市街だろうか。あのひときわ高くそびえるタワーが、噂のテレビ塔かもしれない。風変わりなトロフィーみたいな形をしている。いつだったかの新聞には、世界一の高さを目指していると書かれていた。

「少年、まずその赤いシートをこっちに下ろしてくれ！」

見ると、トロ以外の人達も集まってきて、みんなが僕の方を見上げている。

僕は、言われた通りに赤いシートに指先を伸ばした。けれど、ずっしりと重くて、びくともしない。両手で何度も押すようにしたら、やっと少しだけ動いた。ものすごい音を立てて、下の方へと落下する。

僕は、トロの指示を受けながら、他のシートも次々に動かした。すべての作業を終えた時、背中は汗だくになっていた。

ようやく地上に辿り着くと、トロが親指を立てて笑顔で出迎えてくれた。少し離れた場所から見る。神様の透明な指先が、空からちょんとつまんで持ち上げているような形をしたサーカスのテントが出来上がっていた。

トロに促され、テントの中に一緒に入った。むわっと、汗の臭いがする。その時になって、僕はトロが左足を引きずって歩いていることに気付いた。どうしたのだろうと思っていると、トロが僕の方を振り向いてウィンクする。数秒後、僕はウィンクの意味をなんとなく理解した。テントの中に、団長がいたのだ。

もちろん、その人が「団長」という名札をぶら下げていたわけではない。でも、どこからどう見ても、団長だった。絶対に、団長以外ではありえない。右手には、太い葉巻を持っている。左手には、龍の姿を模したいぶし銀のステッキが握られていた。

案の定、トロはその人のことを団長と呼びかけた。それから、二言、三言、団長に耳打ちする。テントの中には楽器を練習する人達や、骨組にぶら下がって回転しながら遊ぶ子ども達がいて、様々な音であふれている。だから、トロが団長に何を話しているのかは、聞き取れなかった。

トロが話し終えると、団長は鋭い視線で僕の方をじろっと睨(にら)んだ。

「小僧、何の用事だ？」

しわがれた迫力のある声に、僕は危うく腰を抜かしそうになる。でも、ここで怖気(おじけ)づいては何の意味もない。せっかく番外地まで辿り着いたのだ。僕は、体中の勇気をかき集めた。

「お願いします！　僕を、このサーカスで働かせてください！」

床に旋毛がつきそうなほど、深く深く頭を下げる。不気味な沈黙が、数秒間続いた時だ。

「お前さん、何ができるんだ？」

静寂を破り、団長の落ち着き払った声が響いた。

「何でもします。雑用でも、何でも」

すると、団長の野太い声がする。

「あのなぁ、小僧」

舌打ちと共に、団長のあきれ果てた声が降ってきた。

「何でもって言葉ほど、当てにならんものはない。得意なことは何だ。言ってみろ」

僕はようやく頭だけ上げ、中途半端な姿勢のまま固まった。自分が得意なことなんて……、人より秀でていることなんて……、何一つ考えつかなかった。でも、何か言わなくちゃと思い、とっさに答えた。

「小さいことです。僕は、もうこれ以上大きくなりません」

自分の意思で大きくならないわけではなく、大きくなれないだけだったけど、僕にはそれ以外の答えは思いつかない。

ふん、と団長が鼻を鳴らす音がした。

「おもしろいじゃないか」

その言葉は、僕に言っているのか、それとも団長の隣に立つトロに向けて放たれたのかわからなかった。僕はじっと、団長の次の言葉を待った。団長は、ゆっくりと葉巻を口元に移動させ、何か大事な栄養分を取り入れるかのように、目を閉じて煙を吸い込んでいる。

団長は長いため息をつくように、ゆっくりと煙を吐き出した。そして、一際重々しい声で僕に言った。

「まずは、レインボーサーカスを見ることだ。お前さんの感想を、聞かせてもらおうじゃないか」

3

団長は、トロの父親だという。その日の夕方、何も知らなかった僕にコックが教えてくれた。

僕の処遇が決まるまでの間、コックのところに身を寄せることになったのだ。ローズは自分達の箱に寝泊まりすることを勧めてくれたが、僕が加わるとベッドが足りなくなる。コックはひとりで箱を使っているから、ひとつ、ベッドがあまっているのだ。

団員達の食事を一手にまかなっているのがコックだった。最初、コックさん、と呼びかけたら、雰囲気が変わって調子が出なくなるから「さん」付けは止めてくれ、ここでは一切の敬称は必要ないのだと、はっきり言われた。それで僕も、他のメンバー同様、コックと呼ぶようになった。

「朝はそれぞれ箱単位で別々に食べるが、ランチとディナーは俺がまとめて作るのさ」

コックは、厨房でその日の晩ごはんの準備をしながら得意げな口ぶりで話した。コックは顔中毛むくじゃらで、まるでおしりの穴からたっぷりと空気を入れて膨らませたようにおなかが丸い。大きな体全体から、いかにもおいしいものを生み出しそうな雰囲気をかもし出している。

「団長がトロのお父さんって、どういうこと？」

コックは熱心に鍋(なべ)の中身をかき混ぜながらも、僕の質問に答えた。

「ここは、家族経営のファミリーサーカスなんだ。だから、みんながいとこや、はとこや、兄弟、姉妹、おじさん、おばさんってわけだ」

「なら、コックは団長の弟なの？」

体型が似ているから、ふとそんなことを思いついて口走ったのだ。けれどコックは、僕の言ったことがそんなにおかしかったのか、とつぜん大声を上げて笑い始めた。笑うたび、おなかの贅肉(ぜいにく)がさざ波のように揺れ動いている。

「いいや、全く関係のない俺みたいな例外もいるさ。アウトレットオーケストラの連中も、基本的には全員身よりのない人達だよ。あとは、生まれてすぐここに捨てられて育った人達も何人かいる。だから、完全に全員が血のつながったファミリーってわけではない。団長には今まで三人の妻がいて、トロは、今の三代目マダムの息子だよ。

初代と二代目は、ドーナツの食べすぎがもとで死んでしまったから」

「ドーナツの食べすぎ？」

「だからここのサーカスの名物が、リングリングドーナツっていう揚げ菓子なんだ。売れ残ると、ついそれを口に入れてしまうんだろ。マダム稼業(かぎょう)には淋(さび)しさがつきまとうからな」

コックは、少し面倒臭そうに早口で答えた。それから、鍋の中の料理をおたまにすくって味見をする。全体的に薄い茶色のとろとろした料理で、よく見るといろんな材料が混ざり合っていた。

それからの数日間を、僕はコックのそばで過ごした。体の小さい僕が手伝えることは少なかったけれど、コックが使い終わった巨大なトマトソースの空き缶を逆さにして踏み台を作ってくれたので、そこに上って食器を洗ったりすることは可能だった。

そんな中、ついに週末、レインボーサーカスのクリスマス公演が幕を開けた。僕は、ものすごく緊張しながら、お客さんでいっぱいの会場に足を踏み入れた。僕に用意されていたのは、階段席の、いちばん後ろだった。それでも、ステージまでの距離はかなり近い。幸い、前の席に座ったのが大男でなくて助かった。

レーディース、アーンド、ジェントルメン！

麗しき、紳士、淑女の皆々様、ようこそ、わがレインボーサーカスへ！

今宵、夢のひととき、思う存分、味わってください！


薄明かりの中、大音量で聞こえてきたのは団長の声だ。団長はステージの一角に立ち、マイクを握りしめている。

テント内につるされたいくつもの明かりが、太陽が沈むように少しずつ暗くなってゆく。一瞬、明かりという明かりがすべて消えてテントの中が暗闇になった。

数秒後、軽快な音楽が鳴り始めた。

熱い鉄板の上で猫が小刻みに手足を動かしながら必死に歩いているような、テンポの速い曲だ。全員そろいのサングラスをかけたアウトレットオーケストラのメンバーが、ステージの一角に並んでいる。クラリネット、アコーディオン、コントラバス、バイオリン、トランペット、ギター、僕が知っている楽器以外にも、木の実を大きくしたような不思議な形の弦楽器もある。どの楽器も年季が入っていて、中には絆創膏やガムテープで補強してあるものもあった。

最初にステージに登場したのは、細身の黒いスーツに身を包んだジャグラーだった。

白い玉をいくつも空中に投げ上げ、まるで糸で操っているみたいにくるくる回す。玉がいくつあるのかは、あまりに動きが速すぎて確認できない。全部を一気に空中に放り投げ、背中に回した両手で後ろ向きにキャッチする。そのたびに、あふれんばかりの拍手が起こった。

白い玉が本物の卵だとわかったのは、手のひらに取り損ねたひとつが、床に落ちて割れた時だ。ぐしゃりと殻が割れ、赤いじゅうたんの上に黄身と白身が広がった。ジャグラーが失敗してしまったのではないかとヤキモキしていると、芸を披露し続けるジャグラーの足元に、どこからか、のそのそと亀(かめ)がやって来た。ジャグラーの演技になどお構いなく、肉厚のふくよかな舌で割れた卵をすくい取っている。

ジャグラーは、卵を次々に放ると、被(かぶ)っていたシルクハットを手にし、その中に受け取った。そして、最後のひとつを口の中でキャッチする。また、拍手喝采(かっさい)だ。足元に広がっていた卵は、きれいさっぱりなくなっている。

赤いじゅうたんの上に寝転がり、足を上げて片足でフラフープを回転させる少女。

腰をくねらせ激しく踊りながら、ワインの瓶でジャグリングをする派手なドレスの女性。

丸い輪っかに手足を「大」の字にしてつかまったまま回転し、ステージを隅々まで自在に移動する少年。

　それらの芸を盛り上げるように、アウトレットオーケストラが曲のピッチを速める。クラリネットのすばやいテンポに合わせ、少年はぐるぐると回り続けた。会場には、拍手とどよめきが広がる。見ているだけで、目が回りそうだ。それでも少年は笑顔を絶やさず、最後は床と体が平行になるような形で、体を下に向けたまま不思議な動きで回り続ける。

　マイクを握りしめ、アウトレットオーケストラ達と共にステージの中央で熱唱するマダム。この人が、団長の奥さんだ。

　ピエロが出てきたのは、その後のこと。軽快な曲が演奏される中、顔を白く塗ったピエロが登場する。真っ赤な丸い鼻をつけ、鼻と同じく真っ赤に塗った唇はぽってりと丸みを帯び、髪の毛はもしゃもしゃとして縮れた毛糸のようで、そこには頭の大きさと不釣り合いな小さい帽子がのせられている。ピエロの一挙手一投足に、客席の子ども達からどっと笑いが起こった。

　子ども達の踊りのショーが終わると、今度は大人の踊りのショーが始まる。こればかりは、本当に両手で目を隠さなくてはいけなかった。メンバーの中に、ローズもいたからだ。全員がセクシーすぎるレオタードを着ている。胸元の膨らみは、今にもカップからはみだしそうだった。横一列に並び、網タイツを穿いた足を、上げたり下ろしたりする。どうしてここにグランマがいるんだろうと思ったら、グランマではなくてマダムだった。ローズと全然体型が違うのに、無理やり体をねじ込むようにして同じ衣装を身につけている。

その後一瞬、会場が静寂に包まれた。何が始まるのだろうと固唾をのんで見守っていると、天井付近で、三日月の形をしたふたつのブランコが向かい合わせに動いている。息の合った振り子のように、ふたつのブランコは遠くに離れては距離を近づける。ブランコにはそれぞれ、三日月の内側にもたれるような格好で、男の人と女の人が乗っている。すると、距離が近づいた一瞬、何かが左のブランコから右のブランコへ飛び移った。

ふたつのブランコは、急速に離れていく。そしてまた距離を縮める。その瞬間、今度は右から左へと、また何かが空中を横切る。そしてまた、距離を離す。次の瞬間、また左から右にすばやく飛んだ。

僕の判断が正しければ、ブランコ乗りの爪先から爪先へと飛び移っているのは、ペンギンだった。首に、赤い蝶ネクタイが結ばれているせいで、タキシードを着ているようだ。空を飛ぶ瞬間、短い羽を左右に広げるので、本当に飛んでいるように見える。

みんな、拍手することも忘れて、ぽかんと口を開け、ペンギンの飛翔に見入っている。決して空を飛べないはずのペンギンが、翼を広げて羽ばたいている。僕はいつまででも、空飛ぶペンギンの姿を見ていたいと思った。

それからもステージでは、一輪車を自在に乗り回したり、火のついた棒をぐるぐるとバトンのように回したり、自転車の上で逆立ちをしたり、軟体人間が登場したり、いろんな芸が披露された。でも僕はペンギンの飛翔が脳裏から離れず、いつまでも天井を見たままぼんやりしてしまっていた。

気付いた時には、ステージの床に積み上げられた椅子が、かなりの高さにまで達していた。椅子の頂点にいるのは、半裸のやせ細った老人だった。老人は、ひとつ椅子を積み上げてはまたひとつ高みを目指して上がっていく。その時だけは音楽がやみ、会場全体が息を潜めて見守っていた。

椅子を増やすたび、バランスを失って崩れ落ちそうになる。僕はふと、レインボーサーカスの人達は、誰ひとりとして命綱などつけていないことに気付いた。

老人が椅子の上で逆立ちすると、息を吹き返したかのように、会場に管楽器の音が大きく響いた。老人の爪先が、テントの一番高い所に触れそうになっている。

今度は老人と入れ替わるように、美しいドレスを着た女性が、華々しく登場する。

ひと目見てすぐにわかった。僕がここに来て最初の日の朝、顔を洗いに行った時、トイレから出てきてすれ違った人だ。アウトレットオーケストラのメンバーが全員、ステージの中央に横一列に並んでいる。

舞台の両端には台が用意されていて、メンバーの頭上一メートルくらいに張られた綱の上を、あの女の人が、歩き始めたのだ。ハイヒールで綱渡りをするなんて。

僕は、背筋がぞくぞくした。履いているのは、真っ赤なハイヒールだ。なのに彼女は、少しも体をぐらつかせることなく、まるで地上を歩いているかのような優雅さで、胸を張って綱の上を進んでいく。もしかして、空中に綱が張られていると思っているのは、目の錯覚なのだろうか。だまし絵みたいに何かトリックがあるか、もしくは異次元の映像を見ているみたいだ。

けれど、彼女が歩いているのは紛れもなく本物の綱の上だった。しかも、ただ歩くだけではなく、綱の中央まで進むと、そこで片足を上げ、爪先を手でつかんだまま、その場でくるりと回転してみせたのだ。

会場中が、得体の知れないどよめきに包まれた。それから、彼女は小走りに台の上に戻っていく。

今までにも増して、大きな拍手が起こった。僕も、手のひらが痛くなるくらい、両手をぱちぱちと打ち鳴らした。ブラボーと叫ぶ人、指笛を鳴らす人、みんなそれぞれのやり方で感動を表現する。けれど、僕にできる最大の称賛は、手を鳴らすことだけだった。

僕の近くに座っていた誰かが、「死の綱渡り」とささやいた。確かに、その表現がぴったりだった。だけど、死の綱渡りはこれだけでは終わらなかったのだ。台の上で彼女は、おもむろに首元に巻いていたスカーフを取ると、それで目隠しをした。僕がグランマから餞別(せんべつ)にもらった薄い素材のスカーフだったら、透けて見えるかもしれない。でも彼女が首に巻いていたのは、厚みのある、黒いサテン素材のスカーフだった。彼女はそれを、しっかりと二重にして目の上に巻きつけたのだ。それから、また綱の上を渡り始めた。

もしも、もしも足を踏み外したら……。

僕は、本当に手のひらに汗を握りしめていた。まるで自分自身が、あの綱の上を渡っているような心境だった。彼女は時々体を左右にゆらしながら、両手を広げバランスを取っている。彼女がバランスを崩すたび、あっ、という声が会場のあちこちから上がる。中には、悲鳴をあげてしまう女性もいた。それでも彼女は、そんな声に動揺することなく、綱のゴール地点を目指して静かに静かに歩き続けた。

いくら大きな音で音楽が鳴っていても、彼女の体の周りにだけは、しんとした静寂がゼリーのように広がっている。

最後の一歩を前に出し、無事反対側の台まで辿り着くと、僕の耳に音楽が流れ込んできた。今までは耳栓をしていたみたいに、音が聞こえなくなっていたのだ。彼女は目隠しを外すと、それを高々とかかげ、観衆に見せつける。

ただ当の本人は、あんなにすごい技を披露したにもかかわらず、どこか控えめで、大きな拍手を少し恥ずかしそうに受け止めていた。

目隠しをしていた状態からすれば、目を開けて綱の上を渡るなんてなんでもないことなのかもしれない。彼女は黒い目隠しを手に持ったまま、もう一度スキップするように綱を渡り、再び台から梯子(はしご)で地上に下りた。

床に戻った彼女の手を団長がうやうやしく取って、舞台裏へとエスコートする。ステージ上から彼女の姿が見えなくなっても、観客はスコールのように盛大な拍手を送り続けた。

拍手をしながら、僕は大きく息を吐き出した。

最後は会場の人達も一緒になってみんなで歌をうたい、中には隣の席の人の手を取って踊り出す人もいて、レインボーサーカスのクリスマス特別公演の初日が華々しく終了した。まるで、不思議な住人達の暮らす夢の世界に迷い込んでしまった気分だった。

テントの外に出ると、ローズがあのきわどいレオタード姿のまま、お客さんとの記念撮影に応じている。シャッターを押しているのは子どもの団員達で、写真はその場で渡された。お客さんは、ポラロイドカメラで撮っていた少年に、いくらかお金を払っている。

「どうだった？」

箱に向かって歩いていると、後ろから声をかけられた。

振り向くと、さっきまでお客さんの相手をしていたローズが立っている。目のやり場に困った。ステージ上ではあんまり気にならなかったけれど、よく見るとものすごい厚化粧だ。

「すごいでしょう、このエッチな衣装。お化粧も、自分じゃないみたいだわ。早く落とさないと、皮膚呼吸ができなくなっちゃう」

ローズは笑いながら言ったけど、本当にものすごく濃い化粧のせいで、笑顔までが別人に見える。声を聞かなかったら、ローズだとわからない。

でも、心の中ではいまだにサーカスの余韻がくすぶっていた。まだ胸がドキドキいっている。

「すごくよかったよ」

本当は、もっともっといろんな言葉で感動を表現したいのに、いざ伝えようとするとありきたりな言い方しかできなかった。

「それはよかったじゃない。パパとママと見たサーカスの時とは、違った？」

「そのことなんだけど……」

僕は言葉を詰まらせた。あの時のサーカスのことは、鳥のショーと両親の笑顔以外、実のところ、ほとんど覚えていないのだ。それなのに、ある予感をどうしても打ち消せずにいた。

「ねぇ、サーカス団ってたくさんあるの？」

僕は、僕より少し前を歩くローズの、レオタードからはみだした左右のおしりを見ながらたずねた。

「そりゃあ、世界中に星の数ほど存在するわ」

口笛を吹くように、ローズが答える。だったら、やっぱり僕が両親と一緒に見たサーカスがレインボーサーカスだったということは、ありえないか。もしそうだったらすごい偶然だと、その予感に辿り着いた時、ちょっと興奮したのだ。

「少年、うちの箱でお茶でも飲みましょうよ」

厚化粧を落とし、普段の顔に戻ったローズが、キッチンでお湯を沸かし、マグカップにたっぷりとお茶をいれてくれる。もちろん、ローズティーだ。レオタードはまだ脱がず、上からトロのTシャツを羽織っている。この間おなかに赤ちゃんがいると言っていたけれど、まだそんなふうには見えなかった。温かいローズティーを飲みながら、

「そういえばさ、トロって、ピエロの役だったんだね」

僕は、楽しそうに鼻歌をくちずさんでいるローズに言った。ステージからピエロが舞台裏に戻る時の、足の動きで気付いたのだ。トロもピエロも、同じように左足を引きずるようにして歩いていた。

「そうよ、少年。でも、正確にいうと、トロがやっているあの役は、クラウンっていうの」

ローズが、手櫛で髪の毛をすきながら教えてくれる。

「クラウン？　王冠ってこと？」

「いや、そっちのクラウンじゃなくて、道化ってことよ。バカ、のろま、田舎者、お

どけ者、そんな感じかな。ピエロはクラウンの一種で、顔に涙のマークが入っていたら、それはピエロだっていう証拠。ピエロは、クラウンよりも更にバカにされる要素が強くて、ボケ役ってとこかしら。ちなみにピエロについてる涙マークは、バカにされながら笑われている、心の悲しみを表す印なのよ」

「すごいね、何でも知ってるんだ」

僕はすっかり感心した。今まで、ステージに登場するおとぼけ役は、全部ピエロだと思い込んでいた。

「サーカス学校だと、実技以外のそういうお勉強もするの。将来、役に立つのかどうかわからないけど。じゃあクラウンは、いつから存在するか、知ってる？」

ローズも一緒にお茶を飲みながら、隣のベッドに腰かけた。

「人を楽しませる役ってことでしょう？　だったら、結構昔からいるんじゃないかな？」

よくわからなくて、適当に言葉を濁した。

「なんとね、中世の頃には、もうすでに職業として成り立っていたんだって。宮廷道化師っていう立場の人がいてね、要するに王様とか特権階級の人達が、自分の所有物として道化師をやとって、お城の中に住まわせていたらしいの。王様を笑わせて楽しませるのが役割だから、宮廷道化師に限っては、いくら相手が王様でも、無礼なことを自由に発言できたんだって」

ピエロ、じゃなくてクラウンに、そんな歴史があるなんて知らなかった。

「ちなみに、サーカス自体は、もっともーっと歴史が古くて、古代ローマ時代にはもう、サーカスの原型みたいなのが成立していたのよ」

ローズが、ちょっと自慢するように胸を突き出す。

「サーカスって言葉の語源には諸説あるんだけど、ラテン語の『キルクス』じゃないかって説が有力なの。古代ローマの楕円形の競技場のことで、二輪車の戦車競争とか人間同士の決闘が開催されていたんだけど、その合間に、アクロバットやジャグリング、曲馬芸なんかが披露されていたんですって。それが、サーカスの始まり。一時は権力者が権力の高揚と称賛のためにサーカスを利用したり、ってこともあったんだって。でも今は、単なる娯楽だけど」

ローズの話に夢中で聞き入っていると、

「そんなに面白い？」

逆にローズに不思議がられた。今の僕は、サーカスのことならなんでも興味があったし、どんなことでも知りたいと思っていた。それで、すっかり前のめりになって聞いていたらしいのだ。

「ありがとう。今度また続きを聞かせて」

立ち上がり、飲み終わったマグカップをキッチンに戻す。そろそろ厨房(ちゅうぼう)に戻らないといけない。

「またいつでも遊びにおいで」

箱から半分だけ体が外に出た時、ローズが言った。

「うん、でも僕、まだサーカス団員になれた訳ではないから」

ここに、いつまで置いてもらえるかもわからないのだ。サーカスの歴史の深さを知れば知るほど、自分がその中に属するなんて無理なんじゃないかという弱気な気持ちが芽生えていた。

「少年、あなたが想像できることは、実現できることよ。道は、自分で切り開くものなんだから！」

振り向くと、ローズが僕にとびっきりのウィンクをくれた。

4

キャベツの芯、ニンニクの皮、人参の葉っぱ、干からびたじゃが芋、ネギの青い部分。時々何か、ビニールの切れ端みたいなのも混ざっている。

僕がすっぽりと入ってしまうくらいの大きなコンテナに、野菜が山積みにされているのだ。どれも、料理には使われなかった屑野菜だという。

レインボーサーカスの目撃者となってから数日、この仕事にも慣れてきた。僕がコックから最初に言い渡されたのは、ごちゃ混ぜに入れられた、正確には捨てられた野菜の切れ端を、種類別に分類することだった。

新市街にあるスーパーマーケットや、高級レストラン、市場などと契約して、残り物の食材を譲り受けているのだという。

昼間は排気ガスでよく見えないけど、夜になると、レインボーサーカスのある番外地からでも、遠くに新市街の明かりが見える。次々と新しく建った高層ビル群の光は、どんなに時計が夜中の時間を指し示しても、完全に消えることはない。

「あそこにいる連中は、もう過去の出来事なんて忘れたのさ」

最初に厨房の小窓から新市街の存在を教えてくれた時、コックは高層ビル群の明かりを指差して言った。僕にはその意味がよくわからなかったけど、屑野菜の仕分け作業は、なんだか宝物探しをするようで楽しかった。

「何も、あいつらがお情けで恵んでくれてる訳じゃない。金持ちほど、ケチなもんだよ。法律が改正されてゴミを捨てるのにも金がかかるようになったからな、善意のふりして下々の者達に食べさせるのさ。社会的なメンツも保てる、ゴミも減るってんで、一石二鳥ってこと。向こうまで引き取りに行くという条件さえクリアできれば、タダで譲ってくれるんだ」

「今日は何を作るの？」

仕分け作業の手を動かしたまま、僕はコックを見上げるようにしてたずねた。

「そうだなぁ」

コックは、屑野菜の山を見て腕組みをする。

「ポトフはどうだい？　食糧庫にソーセージがたくさんあるだろ。あれと一緒に煮込んでやりゃあ、みんなが泣いて喜ぶポトフの完成だ。その作業が終わったら、少年、悪いがソーセージを取ってきてくれないか」

「了解！」

こめかみの横に左手の指先を伸ばして揃え、元気よく返事をした。

コックは体全体でリズムを取りながら、豪快に野菜を刻んでいる。厨房で働くコックは、ステージ上でアクロバットを披露しているみたいだ。僕はそんなコックの邪魔にならないよう、小さな体を更に小さく縮こまらせ、自分の仕事を黙々とこなす。今まではグランマがやってくれたので自分では気付かなかったけど、僕にはこういうちまちまと手を動かす仕事が、案外向いているのかもしれない。

中には腐っている野菜もあるから、そういうのは本当にゴミとして捨てなくちゃならない。腐っているところをそのままにしておくと、まだ食べられる野菜にまで移ってダメにしてしまうからだ。だから、いい所と悪い所をなるべく早く分けてしまうことが肝心だった。そうすれば、たとえ屑野菜でも、数日は持つ。ここには冷蔵庫なんてもちろんないけど、今はもう寒いから、外が天然の冷蔵庫になる。

「上手だなぁ」

僕が種類別に仕分けしたそれぞれの野菜の山を見て、コックが言った。ほめられると、嬉しくなる。でも、そういう時にどんな顔をしていいのかわからない。

僕は、食糧庫までソーセージを取りに行くことにした。食糧庫には南京錠で鍵がかけられているから、そのたびにコックが、首から下げている鍵を貸してくれる。目下、その鍵を開けることができるのは、コックとマダムと僕だけだ。マダムは、サーカス名物、リングリングドーナツを作るため、小麦粉や卵を取りに行く。団長といえども、食糧庫へ自由に入ることは許されない。

「ちゃんと、鍵を締めたか確認してから戻ってくるんだぞ」

僕が厨房を出ようとすると、コックはいつもと同じセリフをまた繰り返した。

「食べ物は、争いの元になる。みんな、腹を空かせるから、腹立たしくなるんだ。ハングリーとアングリーは、根っこでは繋がってる。すべての戦争も、もとをただせば空腹が原因さ。でも逆にいえば、腹さえ満たされていれば、いざこざは起きない。おなかがいっぱいだったら、人はそれだけで幸せになれる。だから俺は毎日、厨房で腕をふるうってわけさ。このレインボーサーカスの、平和のためにな」

コックは当たり前のことのように言ったけど、僕は今まで、そんなことは考えたこともなかった。食事はいつもグランマが提供してくれたから。でも、確かにコックの言う通りかもしれない。おなかが空くと、訳もなくイライラしたり、物を壊したくなる時がたまにある。

「じゃあ、どうして鍵をかけておくの?」

ふと疑問に思ったのだ。

「開けっ放しにしておけば、みんな自由に食べ物を手にすることができるでしょう」

「少年は、よっぽど育ちがいいんだな」

コックはそう言うと、カエルみたいに膨らんでいるおなかを大きく揺らすようにして笑い始めた。でも、そんなことはない。僕とグランマの暮らす屋根裏部屋は本当に質素だったし、グランマの口ぶりからして、お金だってそんなに持っていなかったはずだ。

僕が機嫌を損ねた、と思ったのだろうか。

「失敬、失敬」

コックは、片方の手のひらを顔の前に持ってくるような仕草を繰り返した。

「争いを起こさないために、鍵は必要ってことさ。もしここで食糧庫を二十四時間開放し続けたら、おそらくあっという間に中がすっからかんになっちまう。ここにいる連中は、少年ほどお育ちが良くないんでね」

それからコックは、また思い出したようにクスクスと笑い始めた。僕は、自分が笑われたようで、少し気分が悪くなる。

「ソーセージを取ってくるよ」

少しムッとして、僕は言った。

「あぁ、そうしておくれ。鍵は」

「ちゃんと締めたか確認してから戻ってくるんでしょ」

朝晩は特に冷え込むので、袋に入ったソーセージはどれもカチカチになっている。僕は、反射的に袋の裏に記されている賞味期限を確かめた。グランマがよく、ヨーグルトや牛乳などの賞味期限を気にしていたのだ。期限切れの食べ物は、絶対に僕の口に入れさせなかった。

見ると、どうやら僕が持っているソーセージは、まだ期限が切れていないようだ。業務用の大きなビニール袋に入ったソーセージを両手で抱えるようにして、食糧庫を後にする。もちろん、しっかりと鍵を締める。

「コック、このソーセージ、まだ賞味期限が切れていないみたいだね。もしかしてこれ、相手が間違って処分しちゃったのかな」

厨房に着いてから、僕は調理台の上にソーセージの袋を下ろし、コックに日付の数字を示した。

「違うよ、少年」

見上げると、コックの顔が真上にある。鼻の脇に数本、小皺が見えた。

「これは、今年の日付じゃなくて、去年の日付だよ」

コックの態度は、まるでそれを自慢するかのようだった。

「えっ、てことはこれ、一年近く前に賞味期限が切れたソーセージってこと？　大丈夫なの？」

グランマが知ったら、卒倒するに違いない。

「平気さ。俺達に、食べ物を選ぶ権利はないんだ。ただ目の前にある物で、その日その日、食いつないでいく。それがサーカス的流れ者の人生さ。だけどこのソーセージは、超一流のソーセージだからね。心配ご無用。きちんと昔ながらの製法で加工してある。賞味期限なんぞ、便宜上人間が考え出したまやかしだよ」

そう言うとコックはソーセージの袋を豪快に両手で引きちぎり、お湯の沸いている鍋の中にざーっと一気に入れた。サーカス的流れ者の人生という言葉が、僕の胸にキーンと響いた。ここでは、何だって食べなくちゃ、生きていけないのだ。

「調子はどうだ、小僧」

厨房の一角に椅子を出し、調理台の上で配膳し残った分のポトフを食べていると、後ろからいきなり団長に声をかけられた。びっくりして、口に入れていたじゃが芋が、あやうく喉に詰まりそうになる。

僕は、顔を真っ赤にしたまま立ち上がり、団長の方を振り返った。

団長は、指に挟んでいた葉巻を吸いながら、僕の方を見下ろしている。いきなりの展開に、直立不動の姿勢を崩せない。

あれから何の進展もないし、もしかしたら団長は、僕がサーカスに入団を申し込んだこと自体、忘れてしまっているのではないかと疑っていたのだ。でも、ちゃんと僕のことを覚えていてくれたらしい。

「食事が終わったら、俺の箱に来い。面接をしてやる」

団長は、短い言葉で用件だけ伝えると、つむじ風のように厨房を立ち去った。厨房の外に、手にしていた葉巻の吸い殻が投げ捨ててある。まだ火が完全には消えていなくて、そこから細い煙が立ち上っていた。

団長の後姿が見えなくなったとたん、緊張が解けて、床にへたり込みそうになった。

「良かったじゃないか」

僕と団長の短いやり取りを聞いていたコックが、僕の方を振り向いて親指を立てる。

「良かったのかなぁ。だって、採用してもらえるかどうかは、わからないし」

「俺が、推薦状を書いてやりたいところだが」

この件に関しては、自分でなんとかするしかない。団長にコックからの推薦状を見せたところで、通用などしないのだろう。

「とにかく少年、嘘をつかずに、正直になんでも思ったことを話すんだ」

それからコックは、景気づけにと、周りをきょろきょろ見渡してから、こっそり僕にだけチョコレートケーキをくれた。

「どうしたの、これ？」

「しーっ！」

コックは人差指を口元に立てて僕を制した。

「レストランをやっている昔の馴染みが、定休日の前になると、少し、恵んでくれるんだよ。ブルジョワマダム御用達の高級フレンチだから、味は間違いない」

コックは声を潜め、僕の耳元で内緒話をする。

「ありがとう」

僕も、他の人に聞こえないようひそひそ声で、コックにお礼を伝えた。でも本当は、甘い物が苦手なのだ。だけど、せっかくの好意を無駄にできない。僕はポトフを食べていたスプーンで、一気にチョコレートケーキを口に入れた。おいしいのか、おいしくないのか、正直、味はわからなかった。ただ、苦いのと甘いのが両方舌にべったり残って、今すぐ牛乳で喉に流し込みたくなった。心細い気持ちで厨房を出る僕を、コックがガッツポーズで送り出す。

団長とマダムが暮らす箱は、ひときわ派手に飾り付けられていた。クリスマスが近いからかもしれない。赤、黄、青と交互に色が変わる丸い形の電球が、ぐるりと箱を囲んでいる。週末のサーカス開催日になると、この箱が切符売り場になり、リングリングドーナツもこの箱の小窓から手渡されるのだ。

箱の扉を、コンコンと控えめにノックした。

「入れ」

奥から団長のしわがれた声がする。

「おじゃまします」

僕は、箱の扉を押し開けるようにして中に入った。その瞬間、甘ったるい油の臭いが流れてくる。キッチンの一角に、週末売れ残ったドーナツが、まだ山のように積み上げられていた。箱の中にマダムの姿はなく、団長だけがベッドの上に腰かけている。

「そこに座れ」

団長は、おそらく普段マダムが寝ているであろうベッドを、ステッキの先で指し示した。

「お前も飲むか」

僕がベッドに腰かけると、自分が飲んでいる琥珀色の液体を差し出してくる。すぐに、アルコールだとわかった。でも、まだこの年でお酒なんてとんでもない。あの型破りなおじさんでさえ、僕にお酒を飲ませようとはしなかった。

「大丈夫です」

せっかく勧めてくれたのに断らなくてはいけないことを申し訳なく思いながら、ネズミのような声で囁いた。

「小僧、チョコレートを食べてきたのか」

予想外の指摘を受け、僕は慌てて口元を拭った。きっとこれはルール違反なんだと思うと、泣きたくなる。どんなにコックに勧められても、断ればよかった。しかも、もともと甘いお菓子など好きではない。好きでもないのにチョコレートケーキを無理やり食べるなんて、馬鹿げている。

「どっちなんだ、『はい』か『いいえ』でちゃんと答えろ」

団長は、穴があくような強い視線で僕をにらみ、決して目を逸らさない。

「はい、チョコレートケーキを食べました。ごめんなさい」

もうここから出て行けと言われるのを覚悟で、僕は答えた。何でも正直に、と言っていたコックの言葉が、頭に引っかかっている。

「悪いとは、俺は一言も言っておらんぞ」

団長はにこりともせずに、真顔で続けた。そして、いきなり本題に入った。

「レインボーサーカスを見た感想を言ってみろ」

僕はその瞬間、脳味噌のしわを全部きっちりアイロンがけされたみたいに、一気に頭の中が真っ白になった。

「すす、すばらしかったです」

ローズに聞かれた時と同様、気の利いた表現など少しも思いつかない。この間にたっぷりと時間があったのだから、もっといい言い方を考えておくべきだった。

「お世辞を聞きたいんじゃない」

琥珀色の液体をきゅっと一気に飲み干すと、団長は再びボトルを傾ける。団長の口元から、強烈なアルコールの臭いが流れてきた。

「良くなかった点を挙げてみろ。三つ。俺が納得する回答をそれだけ挙げたら、お前をサーカス団の一員にする」

ますます、頭の中が白くなった。完全に想定外の質問だ。そんなこと、今の今まで考えたこともなかった。レインボーサーカスのどこをどう切り取っても、本当に本当に素晴らしかったのだ。それなのに団長は、その欠点を挙げろと言っている。どうしよう、このままでは何も答えられずに番外地を追いだされてしまう。目を閉じて、ゆっくりと十秒かぞえた。

「ク、クラウンの芸が……」

自分でも、どうしてそんなことを言い出したのか、不思議だった。言いながら僕は、その場から逃げ出したくなった。クラウンは、トロが演じていたのだ。恩人であるトロのやっていることを、批判するなんて。僕は自分がどうかしていると思った。

「もっと具体的に」

団長の言葉に、足ががたがた震えそうになる。その震えを、必死で抑えた。団長の前でおもらしでもしたら、最悪だ。でもそのくらい、怖かった。

「な、な、なんとなく、中途半端だったかな、って。面白いんだけど、なんだか、吹っ切れていないっていうか」

本当に、どうしてそんなことを言ってしまったのだろう。もうトロに合わせる顔がない。

「よし、あとふたつだ」

団長が手にしているグラスの中の液体は、すでに三分の一くらいに減っている。僕はまた、目を閉じて数日前に見たレインボーサーカスを回想した。すごかった点、感動した点は、いくらでも挙げられるのに。

「衣装が、えーっと、女の人達が踊りの時に身につけていたレオタードが、ちょっと……」

「小僧には、刺激が強すぎたか？」

「……」

「あれは親父達のためのダンスショーだから、あのままでいい。サーカスには、エロも盛り込んでおかないと、子どもにせがまれても連れてこようとは思わんだろ。品行方正な子どもだましの内容だったら、遊園地のサーカスショーに行けば済むことだ。はい、次」

そう言うと団長は、黙りこくった。僕は、手のひらを握りしめ、必死に考える。そして、ふとあることを思い出した。

「トイレが、汚すぎます。あれでは、せっかくペンギンの飛翔や死の綱渡りを見て感動しても、トイレに入った瞬間、素敵な気持ちが台無しになってしまう……」

僕は必死だった。でも、本当にそう思ったのだ。ショーの合間に入ったトイレは床が水浸しで、そこにトイレットペーパーが散らかり、悲惨以外の何ものでもなかった。

ただ、欠点を指摘しながらも、僕はペンギンの飛翔や死の綱渡りに感動したことを、
それとなく団長に伝えることができた。それには、自分でも少しだけ満足だった。

「よーし」

長い沈黙の後、団長がおもむろに声を出す。

「小僧、まずは便所掃除を担当しろ。お前が納得のいくまで、きれいにするんだ」

「それって、僕がレインボーサーカスの団員になってもいいってことですか？」

思わず早口でたずねていた。

「お試し期間っていうやつだな。その間に、お前の働きぶりを見て決める。今まで通り、コックの手伝いも続けろ。それと、内緒でチョコレートを食べる時は、ちゃんと口元をきれいにしてから外に出るんだな。誰かひとりだけがはみ出した行為をすると、サーカス全体の秩序が乱れる」

「ありがとうございます！」

僕はバネが弾けるように立ち上がり、心からお礼を言って頭を下げた。がんばって、トイレをきれいにしようと思った。

その時、僕はようやく自分がマダムのブラジャーの上に腰かけていたことに気付い

た。どうりでおしりの下がもぞもぞとしたわけだ。赤い布地に黒のレースがふんだんにあしらわれた、サッカーボールが入りそうな巨大ブラジャーは、僕の尻(しり)でカップがつぶれてぺしゃんこになっている。申し訳ないと思いつつ、膨らみを元に戻す勇気はなかった。

僕が箱の階段を下りて外に出ようとした時、団長が質問した。

「小僧、いくつだ?」

「十三歳です。見た目は十歳くらいでも、中身は十三歳です」

振り返りながら、僕は胸を張って答えた。お試し期間とはいえ、ここで働くことを正式に団長に認められたことで、みるみる自信が顔をのぞかせていた。

「お前の年で、俺はもうステージに上がり、サーカスの目玉として、猛獣達を自在に操っていたものさ」

団長が微笑(ほほえ)んでいる。僕は、ステージ以外の場所で、団長が笑うのを初めて見た。

ふと、箱の壁に飾られたたくさんの写真に目が吸い寄せられた。

その中に、向かい合って立つ象の頭に片足ずつ足をのせ、ほぼ百八十度に開脚する、若かりし頃の団長がいた。体も痩(や)せているし髪の毛もふさふさで、今とは全く風貌(ふうぼう)が違う。なのにどうしてわかったかというと、象に乗って足を広げる猛獣使いが、年老いた目の前の団長と同じ目で笑っていたからだ。

「おやすみなさい」

僕は団長に挨拶（あいさつ）して、箱を去った。

遠くに、新市街の明かりが鈍い光を放っている。この喜びを、一刻も早くグランマやおじさんに届けたかった。

5

朝のトイレ掃除をしていると、僕にもだんだん挨拶してくれる人が現れるようになった。

「おはよう、少年」

「おはようございます」

一瞬だけブラシを動かす手を止めて、相手の方をちらっと見る。まだ、ほとんどの人の名前と顔が一致しない。そういう時は、その人が厨房で食事をしている時の横顔を記憶のひだから取り出して考える。ここでは、自分のソウルフードをニックネームにして、お互い呼び合っているからだ。中には、滅多に食べられない高価な食材を、あえて名前にしている人もいる。その代表格が、キャビアだ。彼は、いつもサーカスのしょっぱなに登場し、生卵のジャグリングを披露する。

「そいつが食った物、それがその人物のすべてって訳さ」

コックの口癖である。

ということは、残り物を食べて生きている僕達は、残り者、あぶれ者ってことだろうか。でも、コックの手にかかると、残り物が残り物ではなくなってしまうからすごい。まさかこれが残り物から作られた料理だなんて、言わなければ誰も信じない。コックはあの、フランスパンに剛毛が生えたような立派な両腕から、魔法のように次々とおいしいご馳走を生み出す天才だった。

「いい食材から美味い料理ができるのは、当然さ。悪い食材を使って、それでも美味い料理を作るのが、料理人の腕の見せ所だよ」

　これも、コックの口癖である。

ただ、コックがせっかく腕によりをかけて美味しく甦らせたご馳走も、団員達の口から入って胃袋に収まり、腸を通って肛門から出てくるまでには、ひどい姿になっている。排泄物がエレガントだなんてありえないけど、それにしてもここのトイレはひどい。

　初めてこのトイレのドアを開けた時は、ショックだった。そこはもう、トイレですらなくなっていた。正直、動物の方がもっときれいに自分の食べた物を外に出すんじゃないかと思った。

ショーの合間にお客さんが使うトイレもきれいにしなくちゃいけないけれど、まずは自分達が使うプライベート用のトイレをきれいにしなくちゃ始まらない。それで僕は、クリスマス公演のある週末はお客さん専用のトイレを中心に、平日は自分達が使うトイレを中心に掃除をしているのだ。でも、どっちもなかなか成果が現れない。せっかくきれいに掃除をしても、あっという間に元の木阿弥（もくあみ）になってしまう。

グランマと暮らしていたアパートのトイレは、みんなここの団員達と同じように貧しかったけど、もっと清潔だった。でも、ここのトイレは、はっきり言ってメルドだ。便器が汚い上に、たまに誰かがゴミを捨てるのか詰まって、汚物があふれてしまう。そうなると、子ども達は所構わず用を足すようになる。それで、あっという間に、そこら中が糞尿（ふんにょう）だらけになってしまうのだ。

こうなったら、最悪だ。臭うし、間違って踏んづけてしまうこともある。衛生上も絶対によくない。

ある種の人達から、このレインボーサーカスが白い目で見られていることは知っているが、これでは文句の言えない状態なのだ。だから、そうならないよう、毎日トイレ掃除に精を出す。

僕はほとんど一日中、トイレに張りついて掃除を続けた。最初は誰かが用を足すのに近くにいるのは申し訳ないと思ったけど、逆に僕がすぐに掃除をするとわかっていた方が、気遣ってきれいに使おうとしてくれるらしい。中には、チップをくれる人までいる。

僕がトイレと格闘する間に、レインボーサーカスのクリスマス公演は、大盛況のうちに終了した。マダムが作る特製リングリングドーナッツも、飛ぶように売れたという。どうやらマダムは、代々マダムにしか伝承されない特殊なおまじないをかけて調合したスパイスを生地の中に含ませているようで、このサーカスの名物になっていた。ひとりで十個、二十個と買ってお土産にする人もいる。リングリングドーナッツが欲しいがためにここに来て、ついでにサーカスを見て行く人も少なくない。リングリングドーナッツは、サーカスチケットの半券がないと買えない仕組みになっているからだ。

大晦日(おおみそか)のカウントダウン公演が終了すると、サーカス団員みんなに、大入り袋が配られた。僕はステージに出ているわけではないから、もらえないものとあきらめていた。でも、マダムは僕にもそれをくれた。中をのぞくと、しわしわのお札が一枚入っている。僕は、お金を全部貯(た)めて、いつかグランマに新しいスカーフを買って贈ることにした。

ただ、年が明けると、お客さんの入りは少なくなった。その日、どれだけお客さんが入ったかは、公演終了後のトイレの汚れ具合でだいたいわかる。トイレ掃除担当の僕としては複雑だけど、以前ほど汚れなくなったのだ。

「おかしいなぁ。毎年この時期は、まだ客が入るのに」

コックも、不思議そうに首をかしげた。

「暖冬って訳でもないのに、どうしたっていうんだろう」

「リングリングドーナツの売れ行きも、あんまりよくないみたいだよ」

数日前、売れ残ったらしい大量のリングリングドーナツが、ゴミ箱に捨てられていた。あの光景を思い出すと、とたんに空しさが顔をのぞかせる。

僕は、次々と込み上げる涙をセーターの袖でぬぐった。これは、トリッパが自分の息子のお下がりを僕にくれたのだ。トリッパは団長とマダムの長女で、婿はサーカスの会計を担当しており、ふたりにはたくさんの子どもがいる。

「泣くな、少年」

コックはリズミカルに包丁の音を響かせながら、ちらっと僕の方を見た。

「泣いてるんじゃないよ、涙が勝手にこぼれてくるんだよ」

僕は、ごしごしと目元をこすりながら言った。それでも涙が、わき水のようにあふれてくる。

「そういう時は、玉ねぎの切れ端を、ちょっと口に含んでからやるといいんだ。でも、少年の場合は今からやっても手遅れだがな」

僕の号泣をよそに、コックはさっきから楽しそうに口笛を吹いている。

大量の玉ねぎが手に入ったのだ。かなり傷(いた)みが激しかったので、なるべく早く食べないといけない。それで今夜は、オニオングラタンスープを作ることになった。見た目は腐りかけていても、何枚か皮をむけば、陶器のような色をした、きれいな玉ねぎが姿を現す。

さっきから、もう何個、玉ねぎの皮をむいているのだろう。せっかくだから、数えればよかった。ギネスブックに、登録できるかもしれない。でも、僕が皮をむくとすぐに、隣に立っているコックが奪うようにその玉ねぎをまな板の上に移動させ、半分にしてから一気にスライスしてしまう。その早業といったら、他にたとえようがない。この技で、コックもサーカスのステージに上がれるのに。子ども用のバスタブほどもありそうな巨大ボウルには、スライスされた玉ねぎが、文字通り山となって積み上げられている。

「これはやり直しだな」

　コックから、玉ねぎが戻された。

「ほら、ここを見てごらん。腐っているところが、まだ残っているだろ」

　すぐさま、腐って茶色くなっている部分に爪（つめ）を当て、ほじくり出す。腐った玉ねぎは、かなりの悪臭を漂わせた。まぁ、朝のラッシュアワーのトイレよりは、ましだけど。

「本当にこんなにたくさん玉ねぎが必要なの？　僕が皮をむくのは構わないけど、食べきれなくて残したら、もったいないんじゃない？」

　グランマはいつも、食べものを無駄にしないことが大事なのだと話していた。

「心配ご無用。玉ねぎは、火を通すとびっくりするくらい小さくなるんだ。こんなに冷える日は、オニオングラタンスープが一番さ。今夜はみんな、オニオングラタンスープを奪い合うようにして食べる。食べ物の恨みほど、恐ろしいものはないからな。空腹は、人を凶暴にする」

　確かにまだ昼間なのに、空が曇っているせいで辺りが夕方のように薄暗く、厨房の小窓は白く凍りついている。足元から冷たい風が吹き込んでくるせいで、踝（くるぶし）がしびれるように痛かった。鶏（とり）ガラと香味野菜を入れてことことと弱火で煮ている鍋（なべ）の周りだけが、ほのかに暖かい。

「よし、そろそろいいだろう。少年、食糧庫からフランスパンを取ってきてくれ」

食糧庫に行くのは僕の方が多くなってきたので、最近は、僕が鍵を預かっていた。もちろん、鍵は寝る時だって手ばなさない。念のため、他の人には見えないよう、セーターの中に隠している。

外に出ると、一気にまつげが凍りつくのがわかった。さっきまで泣いていたからだ。鼻毛も凍って、固くなっていく。

そのまま素手で南京錠に触れると指がくっついて指紋が剝がれてしまうので、セーターの袖をうんと伸ばして、指をガードする。それから、穴の奥へと慎重に鍵を差し込んだ。

吐く息が、真っ白だ。素早く食糧庫の中に入って温度計を見ると、マイナス三十度を指している。グランマと暮らしていた町も冬はかなり寒かったけど、番外地はけた外れだ。寒いという、その感覚すらだんだん薄くなってくる。それでも昨日までは最低でもマイナス十五度くらいだったから、今日は極端に寒いということだろう。

フランスパンを両手に抱え、急いで食糧庫を後にした。もちろん、どんなに寒くても、鍵をかけるのは忘れない。

厨房に戻ると、コックが玉ねぎのスライスを鍋で炒めはじめていた。ほんのりと、甘い香りが膨らんでいる。グランマの場合、炒め物をする時はかなり慎重にバターの量を調節していた。けれど、コックはそんなこと一切しない。四角い固まりを丸ごと、どすんと入れる。それで量が足りなければ、次のバターを半分にしたりすることなく、また四角い固まりをどすんと入れる、それだけだ。とにかく、コックの料理法は豪快だった。

バターは、上質の発酵バターだ。賞味期限が切れたというだけで、お払い箱になってしまったらしい。いいバターを使うだけで味がぐっと引き立つのだと、以前コックに教わったことがある。

「少年、ちょっと鍋をかき混ぜてくれないかな」

僕が調理台にフランスパンを置くと、コックが言った。踏み台に上がり、コックから巨大な木べらを受け取った。その重さに驚いて、一瞬体が傾きそうになる。

「飴色になるまで、ゆっくりじっくり火を通すんだ。オニオングラタンスープは、時間に余裕のある時しか作れない特別なご馳走だからな。焦って作ったオニオングラタンスープほど、まずいものはない。幸か不幸か、ここの団員達は、ガキらも含めて舌だけは肥えていやがる。味にはうるさいんだ。まずいもんを出そうものなら、すぐに残す。わざとトイレに捨てる輩（やから）もいる」

調理台の上でフランスパンをスライスしながら、コックが教えてくれた。だから時々、トイレが変な詰まり方をするのか。でも、コックの両腕からまずい料理なんて生み出されないはずなのに。

「だけどさ、ここの人達は、どうしてこんなに食事にこだわるの？」

正直、サーカスの人達はもっと粗末なものを口にしているのかと思っていた。

「そりゃ、あれだよ」

コックは、飛び散ったパン屑の欠片（かけら）を口に含んで、むしゃむしゃと口を動かしながら答えた。

「サーカスは、体が資本だからさ。それに、病気したって、簡単には病院にも行けない。ここの人間が病気をすると、金がかかるんだ。だから、病気をしないようにすることが大切なのさ。健康にはみんな、ものすごく気を使ってる。これだけうまいもん食ってりゃ、病気なんか、しないだろうけど」

確かに、ここには体の具合が悪そうな人は一人もいない。

それにしても、鍋の中の玉ねぎは、いくら炒めても真っ白のままだ。

「ねぇコック、本当に、これが飴色になるの？」

「いいから少年、そんなに焦るな。手を動かすのを、止めちゃいかん。ただひたすら、混ぜ続けるんだ」

正直、体はかなりしんどかった。コックには軽々持ち上がる木べらでも、僕の腕にはずっしりと重たい。両手だけでは支えきれず、持ち手を肩に乗せて動かしている。そのせいで、両手にかかる負担は少なくなったけど、その分、肩がビリビリと痺(しび)れてくる。

「辛(つら)かったら、交代するぞ」

「大丈夫だよ」

僕はいきがって即答した。でも、本当に玉ねぎが飴色になるまで木べらを動かし続けられるかどうか、自信がない。

こんなに寒いのに額や背中から汗がにじみ出る頃、ようやく玉ねぎがしんなりしてきた。鍋の中から、コーラスのように賑(にぎ)やかな音が聞こえてくる。でも、色はまだ白いまんまだ。

「仕事の方は、どうだ。うまく行っているか？」

まな板の上でパセリを刻みながら、コックが僕に話しかけてきた。

「どうかなぁ」

僕は曖昧に首を傾げた。パセリを刻むコックの包丁さばきが、まるで打楽器の音を聞いているみたいだ。リズムが全然乱れない。

「トイレ、前よりきれいになっている気がするけどな」

コックの言葉に、僕は思わず顔を上げて聞き返した。

「えっ、本当に？　本当にトイレが前よりもきれいになったって、コックは思っているの？」

まるでコックから、勲章を与えられた気分だった。

「もちろん、たまに汚れが気になる時もあるけどさ。あれだけ少年が見張り番をしてりゃあ、誰だって、汚しちゃいけない、きれいに使おうって、思うんじゃないかな。関心のないふりをして、実はここにいる連中はみんな、今誰がどんな行動を取っているか、常に察知しているんだ。サーカスってのは、連帯感なくしては、絶対に成り立たない。チームワークだからな。もしも誰かが技を失敗して空中から落っこちそうになったら、すぐに反応して駆けつける。レインボーサーカスは、今どき珍しい真剣勝負のサーカスさ。それを成り立たせるには、団員同士の密接な繋がりや家族の強い絆が必需品なのさ。だから、少年の行動も、みんなきちんと把握して、こっそり陰から見ているんだよ」

「そっか、そういうことだったんだ。僕は、僕が新しくこのサーカス団に入ったことなんか、誰も気付いていないのかと思ってたよ」

「まさか、そんなはずはないさ。それより少年、さっきから話に夢中で、手が止まってるぞ。焦がしたら、今までやったすべての苦労が水の泡になっちまう」

僕は、再び力を込めて木べらを動かした。玉ねぎから汗みたいにしっとりと水分がにじみ出ている。バターの香りとあいまって、食欲を刺激する。体を動かしているせいか、急におなかがすいてきた。

「いい感じだぞ、少年。少しずつ、飴色に近づいている」

「うん、確かにさっきまでの白い玉ねぎと違うね。木べらも、ますます重たくなってきたよ」

「そうそう、その調子さ。みんなの喜ぶ顔が見たくて、俺達はこんなに時間をかけて料理を作るのさ。あっという間に食べられちまうっていうのにな」

そう言うとコックは、豪快に笑った。僕もつられて、半分だけ笑顔を作る。

実は、いよいよ体が悲鳴を上げて、それどころではなかったのだ。僕は、一月半前、この番外地を目指し自転車をひたすらこぎ続けた時のことを思い出した。あれができたんだから、オニオングラタンスープの玉ねぎを炒めるくらい、何のその。自分自身に、大きなエールを送り続けた。

「そういえば、いっつもトイレに二人で入ってくる女の子がいるんだけど」

ずっと疑問に思っていたことをようやくコックに切り出せたのは、オニオングラタンスープをオーブンに入れ、焼いている時だった。

「あれは、チェリー姉妹さ」

コックは、散らかった調理台の上を片づけながら素っ気なく答えた。

「チェリー姉妹?」

「そうさ、トリッパんとこの、確か長女と次女じゃなかったかな。生後間もないところを、番外地に捨てられてたと記憶しているが」

ってことは、僕が今着ているこのセーターの持ち主だった人の姉妹ということになる。

「双子なの? いつも一緒で、仲がいいんだなぁって思って見てるんだけど」

僕は、使った木べらを束子(たわし)でゴシゴシ洗いながら、それとなくたずねた。

「あぁ、二人は手のひらがくっついたまま生まれた双子なのさ」

コックは、言った。

「そっか、そういうことか」

僕はすぐに納得した。

僕が通っていた小学校にも、一組いたのだ。彼らは頭の部分が繋がっていて、後ろから見ると頭がハートの形に見えた。それでみんな、ハート兄弟と呼んでいた。けれど、途中で手術をして、別々の体になっていた。

「チェリー姉妹は、手術を受けなかったんだね」

　僕は言った。

「そうさ、あの二人は大事な臓器を共有しているわけでもないから、離そうと思えば簡単にできたはずなんだ。でも、ここではありのままを受け入れる。連中は、そうなったのにはきっと何か意味があるんじゃないか、って考えるんだよ。だから、分離手術は、今後も受けるつもりはないらしい。それに二人は、ああして繋がっているからこそ、息の合った、それこそつかず離れずのあの絶妙な演技ができている」

　僕は、チェリー姉妹が何の演技をしていたのかどうしても思い出せず、曖昧に頷いた。

「他にも、誰か気になる奴がいれば、教えてやるぞ」

　すでに調理台の上は、きれいに片づけられていた。あとは、オニオングラタンスープが焼き上がるのを待つだけだ。僕はふと、綱渡り師のことを思い出した。あの、死の綱渡りをする女の人だ。

「綱渡りをやっている人がいるでしょう？　いっつもきれいにお化粧をして、普段からすてきなドレスを身に着けている」

「あぁ、団長の次男な」

「違うよ、ゴルゴンじゃなくて、背がすらっとした女の人だよ」

「だから団長と初代マダムの息子だろ。あいつは二十の時に性転換して、男から女になったんだ。子どもの頃から、美少年で有名だった」

「えっ、そうなの。彼女って、男の人だったの？」

僕は、本当にびっくりしてしまい、立っていた踏み台からあやうく落っこちそうになる。

「そうさ、それ以来、団長とは口を利いていない」

「だけど」

コックの言葉が、ちょっと引っかかった。

「ステージ上で、団長は彼女の手を大切そうに取って、仲がよさそうに見えるけど」

「それは、ステージ上の演出さ。家族間の問題をいちいち舞台に持ち込んでいたら、サーカスが台無しになる」

「そっか、そうだったんだ。でも僕はてっきり女の人だと思ってた。あの人の後にトイレに入るとね、必ずいい匂いがするんだ。他の人のトイレの後では絶対にありえないんだけど、彼女の場合は、入るとバニラみたいなすごくいい香りがするんだよ」

「そうか。そこまでは俺も知らなかった」

「名前は？　彼女、名前はなんて言うの？」

「ナットーさ。毎日、欠かさずに食っているらしい。死の綱渡りクラスの芸が出来るのは、世界でも数えるほどしかいない。秘訣は、ナットーだな」

「ナットー？　それって、どんな食べ物なの？」

「俺も、臭いを嗅いだだけで食べることはできなかった。大豆を腐らせた物らしいが、ヌルヌルしてて、気味が悪い食べ物だよ」

「へぇ、それがバニラの香りになって出てくるなんて不思議だね」

それじゃあまるで、魔法じゃないか。その時、チン、とタイマーの鳴る音がした。

「さぁ出来た。極上のオニオングラタンスープの完成だ。少年、みんなを呼んできてくれ」

コックは、両手に布巾を持ち、あつあつの鍋をつかもうと手を伸ばす。

本当は、まだまだ聞きたいことがあった。でも、それはまた次の機会に聞くことにしよう。とりあえず今は、オニオングラタンスープが完成したことを、みんなに知らせ、一秒でも早くあつあつを食べてもらうことだ。
僕は再び、マイナス三十度の世界へ飛び出した。

6

「おい小僧、でかけるぞ」

ランチの後片付けをしていたら、いきなり団長が厨房(ちゅうぼう)にやって来て、僕の頭を小突いた。

「あ、はいっ」

僕は、直立不動のまま声を出す。どうして、団長の前に出ると緊張してしまうのだろう。団長には、有無を言わせず、僕を硬直させる何かが潜んでいる。

それにしても、団長がわざわざ厨房に来るなんて珍しいことだった。団長は、針子をしているナターシャとできていて、ふだんは彼女の箱で食事をするからだ。番外地では公然の秘密、知られていないと思っているのは団長ただひとりである。

「車に乗れ」

またもや、団長は僕に命令した。手についたままの水滴をズボンにこすりつけながら、団長の後に続いて早足で歩く。二月の後半で、番外地に春の気配は全くない。

「いい仕事をしているそうだな」

乱暴に古い車を走らせながら、団長がおもむろに太い声で言う。はるか遠くに、山並みが見える。車は、新市街とは反対方向に速度を上げて走っていた。乾いた地面がタイヤで乱され、周辺には土埃(つちぼこり)が舞っている。

「楽しいか」

相変わらずの仏頂面(ぶっちょうづら)で団長が聞くので、はい、と短く答えた。団長と二人きりだというのを意識すればするほど、粘着質の沈黙が、まるで手で触れるような確かさで僕と団長を締め上げる。

その重々しい沈黙を破り、団長が、

「小僧、いくつになった?」

と切り出した時だった。

車が大きな岩に乗り上げ、体がぴょんと飛び上がった。

「十三歳になります」

おしりがシートに着地するタイミングに合わせ、返事をする。年齢のことは以前も団長に伝えたはずだと思ったけれど、きっと忘れてしまったのだろう。僕は何回聞かれても、まるで初めて聞かれたかのように答えようと決めた。

　すると団長は、

「もう結婚してもいい年頃じゃないか」

　そう、平然と言ったのだ。

「この世界では、一夜を共にすれば、もう夫婦だ」

　でも僕はまだ、自分が誰かと結婚するなんて、想像できない。それに、こんな僕を相手に選んでくれるお嫁さんなんて、いるだろうか。現実味のない話にぼんやりしていると、

「いいか少年」

　団長は、僕のことを初めて、「小僧」ではなく「少年」と呼んだ。そのことがなんだか嬉しくて、はい、と神妙に答える。

「このサーカスは、自由だ。国籍、宗教、性別、肌の色、年齢、政治的信条、あらゆる境界線から解き放たれている。そして俺達は、平和を愛する。俺達には、選挙権もなければ、軍隊にも入らない。つまり、このサーカスの人間として生きてくってことはだな」

　そこで団長はいきなり急ブレーキをかけ、言葉を区切った。番外地に信号なんかあ

るはずもないのに、と思いながら前方に視線を送ると、のんびりとアヒルの親子が歩いている。親子が通過すると、また勢いよく車を走らせた。

「過去の自分を捨てることに等しい。言っている意味が、わかるか？」

「は、はい」

なんとなくですが、と続けたかったが、それは声にならなかった。

「その覚悟があるのかどうか、今一度、少年に聞く」

とても大事な話をされていると思った。だからこそ、即答できなかった。過去の自分を捨てるって、どういうことだろう。それでも僕は、レインボーサーカスの一員になりたいのだろうか。

数秒間、必死に考えた。でもやっぱり、たとえトイレ掃除でも、必要とされていることが単純に嬉しかったのだ。

「覚悟してます」

思いのほか、低くて男らしい声が出た。

「よし、わかった。ならそろそろ、技の練習を始めるんだな」

団長は一言だけそう告げると、今度こそ本格的に口を閉ざした。

団長が再び口を開いたのは、車が古い城塞(じょうさい)をくぐって旧市街に入った頃だ。

「楽しい楽しいレインボーサーカス、愉快爽快レインボーサーカス。まだ見ていない人はぜひこの機会に、もう見た人は二度三度。見たら必ず感動する、世界三大サーカスのひとつ、レインボーサーカス！」

団長はいきなり拡声器を持つと、音量を最大にしてテンポよく喋り始めた。僕には分厚いチラシの束を手渡し、それを窓からまき散らすよう指示を出す。僕がおじさんからもらったのと同じ藁半紙に印刷されたチラシだった。ただ、「クリスマス特別公演」の文字はマジックで消され、その上から「春休み特別公演」と書き直されていた。

チラシの存在に気付き、駆けよって受け取ろうと手を伸ばす人もいれば、無下に踏んづけたり、または逆に、犬の糞を避けるみたいにチラシから遠ざかる人もいる。

入り組んだ町の細道をぐるぐるとくまなく回ってから、車はまた城塞を出て番外地へと戻り始めた。

僕は、どうしてもあることを団長に確かめたくなった。自分から団長に質問するなんて許されるだろうか。でも、舌の付け根までせり上がった疑問を、また喉の奥に押し込むことなどできなかった。

「団長、ひとつ聞きたいことがあるんですけど」

「なんだ、言ってみろ」

　団長は、意外とすんなり僕の質問を許してくれた。

「以前、僕が両親と暮らしていた町にも、レインボーサーカスが行ったことはありませんでしたか？」

　僕は、慎重に言葉を選んだ。

「どこの町だ？」

「大きな川が流れている町です。町の中心にある教会の、ステンドグラスが有名です」

　僕が覚えているのはそれだけだった。

「他に情報はないのか？」

「まだ僕が小さかった頃の記憶です。でも、名前はレインボーサーカスじゃなかった気がするんですけど」

「どんな名前だったか覚えてないのか？」

「なんていうか、背中がぽかぽかと温かくなる名前だったという印象だけ、かすかに残っています」

　すると団長は、次々と過去の名前を挙げ始めた。

「雨上がりのサーカス、ファンタジスタサーカス、ノマドサーカス。他にも、マジカルサーカス、オーロラサーカス。ある成功したスーパーサーカス団を真似して、太陽サーカスって時代もあったな」

「えっ、太陽サーカス？」

僕の胸の奥で、何かがじわじわと化学反応を起こした。

「もしかしたら、それかもしれません！」

嬉しくなって、僕は早口で言った。

「でも、その時はもっと動物達がたくさん登場したんです。だからやっぱり違うサーカスだったのかなぁ」

でも、なんとなくだけど、団長の声が、あの時両親に挟まれて耳にした声と、どうしても同じに聞こえて仕方ないのだ。僕は、両親と最後に見に行ったサーカスのことを、頭の中で必死に思い出そうとした。どこからともなく、あの時ショーを見ながら口にした、ポップコーンの香りが流れてくる。僕は、指先についたバターの匂いまで、思い出せそうだった。

すると、

「少年、それは太陽サーカスに間違いない」

少しして、団長が断言した。

「本当ですか!? でも、すごく嬉しいです。自分が子どもの頃に見て感動したサーカス団に、今自分がいるなんて。あの鳥のショー、またやらないんですか？」

すっかり興奮してそう口走った瞬間、団長の顔から表情というものがサーッと消えるのを感じた。気のせいだろうか。団長はそれ以降、口を閉ざした。

「俺達は、名前を変えながら生きているんだ。サーカスの名前も、定期的に変える。その方が、いくら同じ演目でも、客は新しいサーカスが見られると思ってやって来るからな。サーカスの記憶なんて、曖昧なものさ。でも、本当の理由はそこにはない」

車が、「レインボーサーカスへ、ようこそ！」のゲートをくぐる頃、団長は前を見すえたまま言った。ただ、本当の理由についてはいくら待っても教えてくれなかった。

新市街にスーパーサーカス団が来て公演を始めたという情報が入ったのは、それから数日後のことだ。

「それでレインボーサーカスの客入りが悪かったたってわけか」

コックは、さも納得したような表情をして腕組みをする。厨房の一角では、マダムが今夜の公演に向けて、リングリングドーナツを作り始めていた。それにしても、どうやったらおしりにこんなにたっぷりと贅肉(ぜいにく)がつくのだろう。シュークリームのおばけを二個、無理やり腰にはめ込んだみたいだ。

「リングリングドーナツの偽物も作ってるって話さ」

体中を揺すって生地をこねながら、マダムは無表情に声を上げる。

「どうせ人の舌をごまかすだまし薬をたくさん入れて、工場で大量生産してるんだろ。でもうちのリングリングドーナツには、アタシの心の涙が入ってんだよ。その辺にある見かけ倒しの偽物ドーナツと一緒にされちゃあ、困るね」

ブラウスの袖を肩までまくり上げたマダムの片腕が、象の鼻のように器用に生地を混ぜ込んでいく。

「だが、あいつらのやることと言ったら、抜かりがないからな。知名度が上がれば、自分達の方が本家本元だとか、言いかねない。大企業のやることは、いつだって汚いもんさ。リングリングドーナツも、特許申請しておいた方がいいかもしれんぞ」

コックが、口の中に詰まった痰を吐き捨てるように、忌々しそうに言う。

「そんなの、もうとっくに手遅れさ」

マダムは、手に付いた残りの生地を丁寧に取り除きながらつぶやいた。ボウルの中では、裸の赤ん坊みたいな、クリーム色をした生地が丸まっている。

僕も、リングリングドーナツを作るのを手伝った。ただ、ふっくらと発酵した生地を拳で潰すのは、どうしてもできない。心苦しかったのだ。なぜならそれは、マダムやグランマのあごの下に垂れる柔らかな肉を連想させたからだ。

マダムが伸ばした生地に、僕がコップを使って穴を開け、更にもっと小さいコップで内側に穴を開けると、リングリングドーナツの原形が完成する。

「この子は、なかなかいい働きをしているじゃないか」

熱心に型抜きをしていたら、とつぜんマダムにほめられた。

「そうなんです。少年は手先が器用で、それから、トイレ掃除も熱心にやってくれている」

そう言いながらコックが、僕に意味深な目配せをする。

「それでそろそろ、技の方も覚えたいらしく……」

コックは続けた。これが、さっき送ってよこした意味ありげな視線の意味するところだろうか。

「なんだいお前さん、厨房の専属じゃなかったのかい？」

マダムが顔を上げて僕を見た。マダムのぎょろっとした目に見つめられると、僕はしどろもどろになってしまう。団長とは別の類だけど、マダムにもまた凄みがある。

「なら、キャビアに頼んでやるよ。あの子は、人に物を教えるのが得意だから」

マダムは、残りわずかとなった生地を丁寧に伸ばしながら事もなげに言った。

レインボーサーカスの観客数は、減る一方だった。クリスマス公演の時はあんなに連日満席で、立ち見客まで出るほどだったのに、三月に入ると、観客は半分そこそこになっていた。特に、金曜日の夜のショーは、閑古鳥が鳴いている。あれほど汚いトイレをなんとかしようと必死だったのが、信じられない。今はトイレがきれいなままで、逆に淋(さび)しくなってしまう。

景気づけだと言って、コックは珍しくデザートを作っている。番外地でも砂糖は貴重品だから、甘い物はめったに食べられない。でも、コック曰(いわ)く、落ち込んでいる時は甘い物を食べるのが一番いいのだそうだ。

「甘い物は、心に平穏をもたらすからな」

そう言いながらコックが、堪(こら)え切れないという表情で、口にマシュマロを含んだ。

「何のデザートを作るの？」

僕は、コンテナの中の野菜を仕分けしながらたずねた。春が近づくにつれ、ブロッコリーやキャベツ、人参(にんじん)など、少しずつ色の濃い野菜が増えている。

「リオレだよ」

「何それ？」

「米粒を使ったデザートさ。俺のお袋さんの得意料理だった」

コックが、目を細めて鍋の中身をかき回している。ほんのり、甘い香りが漂ってきた。

今日は、厨房の窓を少し開けて作業をしている。時々そよ風が遊びに来て、透明な生き物みたいに僕の額や首筋をくすぐっていく。

すると野菜の下から、一通の封筒が出てきた。野菜の水分を吸い取って、封筒は湿気を帯びている。

「コック、なんか封筒が出てきたんだけど」

僕は立ち上がりながら言った。コックがかき混ぜているのは、真夏の入道雲のように真っ白い、とろりとした食べ物だった。

「ご招待？」

僕は、コックに代わって鍋の中身をかき回すため、使い込んだ木べらを受け取った。

僕の隣で、コックが封筒の中を確認する。

「こりゃすごい！　プレミアムチケットじゃないか！」

突然コックが、大声を張り上げた。

「しかも、件のスーパーサーカスだ」

　僕の耳に、いまいましい響きが聞こえてくる。僕は、スーパーサーカスという単語自体を、すっかり嫌悪するようになっていた。番外地にレインボーサーカスがあるのに、新市街の中でも最も番外地に近い場所にテントを張るなんて、しかもリングリングドーナツのコピー商品まで作って売っているなんて、最低じゃないか。僕は、怒りで腸が煮えくり返りそうだった。

　でも、どうやらコックからは、僕と同じ類の怒りは伝わってこない。僕はイライラしながらコックに詰め寄った。

「そんなの、早く破って捨てようよ。それより、このリオレってやつ、このままで大丈夫なの？」

　鍋の中身をかき混ぜながら、僕はコックを急かした。プレミアムチケットとやらにすっかり心を奪われているコックが、内心許せなかった。コックに対してこんないら立ちを覚えたのは、初めてだ。

「焦がさないように注意してくれ。だが、リオレは煮込みすぎるとうまくない。米の食感が残るくらいで火を止めるんだ」

　コックがプレミアムチケットに目を落としたまま、上の空で返事をする。そんなこりわからない。

と言われても、リオレなんて食べたこともないんだから、どうすればいいのかさっぱ
「ねぇ、コックってばぁ」

コックの耳元で大声を出すと、

「少年が、自分で味見をしてくれればいいよ」

またもや上の空で返事をするのだった。

でもそんなの、無責任すぎるではないか。僕は腹立たしくなった。いつだって、最後の味はコックが決めてきたのに。でも今は、何を言っても頼んでも無駄であるのは明らかだ。

僕は、コックがいつも使っている小皿にリオレをよそい、味見をした。その瞬間、今まで苦手だった甘い物すべてが好きになりそうになる。まるで、目の前の壁が崩れて新しい世界が広がるようだった。

「最後に、隠し味で塩を少々な」

コックに言われるまま、塩をひとつまみ加えてかき回した。

そのチケットは、本当にプレミアムという名にふさわしい、貴重なチケットだったらしい。レインボーサーカスの場合、大人はだいたい、大衆食堂で一番安い定食が食

べられるくらいの値段設定になっている。子どもは、その半額だ。でもそのスーパーサーカスのプレミアムチケットといったら、レインボーサーカスの大人チケット、十人分に相当する。僕は最初、信じられなくて、団体客用のチケットかと思ったほどだ。けれど、れっきとした御一人様の値段だった。

「でもどうしてそんな高価な物が、屑野菜の中に入ってるの？　きっと誰かが間違えたんだよ。元の持ち主に、返した方がいいんじゃない？　今も、必死で探しているかもしれないよ」

心配になり、僕は言った。

「いいや、そうじゃないのさ、少年」

コックが、きっぱりと断言する。

「おそらく、ここのレストランのオーナーが、このスーパーサーカスに協賛して、チケットをもらったんだろ。それを、俺達にも譲ってくれたんだ。もしくは、向こうのスタッフが行かれなくなったのを、融通してくれたのさ」

つまりコックがたまにこっそり口に含んでいるチョコレートやキャンディも、こうやって運ばれているということか。

「だが問題は、誰が行くかだな」

コックは急に難しい表情をして腕組みをし、小声で付け足す。僕は、つい悶々(もんもん)とし
て、つっけんどんな言い方をした。

「そんなに関心があるなら、コックが行けばいいじゃない。僕、みんなに黙ってるか
ら」

そこまで言っても、まだ気持ちがおさまらない。

「だって、行きたくて行きたくて、仕方ないんでしょう?」

「そりゃ、誰だって行きたくて見たいだろ。なんたって、世界一のサーカス団だ。どんなショー
を見せてくれるのか、興味があるのは当然だ」

本当にそうだろうか。僕は、そんなふうに思わない。

「そんなの、レインボーサーカスへの裏切り行為だよ」

コックが、さも驚いたような顔で僕を見返す。僕は、こらえきれずに目を逸(そ)らした。

「少年は、見てみたいと思わないのかい?」

コックが、不思議そうに僕の顔をのぞき込んだ。

僕は、手持ち無沙汰(ぶさた)になり、踏み台を下りてリオレを煮るのに使っていた木べらを
洗い始めた。

「全然思わないよ。僕は、レインボーサーカスが世界で一番好きだからね」

そう声にしたとたん、悔しくて涙が込み上げてくる。でも今は、コックの前で涙など見せられない。

「俺だって、このレインボーサーカスを愛しているさ。それは少年と一緒だ。でも、スーパーサーカスだって見てみたい。そのどこが、いけないっていうんだい？」

コックの声は、あくまで優しさに満ちていた。それが、なおさら悔しくて仕方ない。

「いけないなんて言ってないよ」

そしてまた、同じ言葉を繰り返した。

「だからそんなに見たいのなら、コックが行けばいいじゃない。僕、みんなに黙っているから」

「それはできない」

予想外の返事に、思わず顔を上げ、コックの目を見つめてしまう。

「だって、このショーは、レインボーサーカスの公演日時と重なっているからな。ほら、金曜日の夜だろ。だから、誰も見に行くことはできないんだ」

肩を落としてコックが答える。その横顔は、本当に残念そうだった。

「じゃあどうするの？」

「どうもしないさ」

「そのチケット、無駄になっちゃうよ」

「なんとでもなる」

コックは、自信満々に顔を輝かせた。

翌日、スーパーサーカスのプレミアムチケットは、セロハンテープで厨房の冷蔵庫に貼り付けられていた。一部分にキラキラ光る特殊な紙が使われたそのチケットは、まるで新品のお札のようだった。チケットに印刷されたショーの日時まで、もう二週間を切っている。

7

夜になると、遠く離れた番外地からも新市街の明かりが見える。黒い空を消しゴムで中途半端に消したみたいに、ぼんやりと、ビルの形が浮かび上がるのだ。そのせいで、新市街のある方角には、星が見えない。

グランマとおじさんは、どうしているだろうか。この時期、グランマのかかとは乾燥して硬くなる。今まで、かかとに軟膏をすり込むのは僕の役目だった。今は、どうやって薬をぬっているのだろう。

でも、あんまり想像を巡らせると不安に襲われるから、なるべくふたりのことは思い出さないようにしている。僕はこのサーカスに入った時点で、今までの自分を捨て、違う人生を歩み始めたのだ。

心がくじけそうになると、僕はいつも真夜中に箱を抜け出し、月を探す。すぐに見つけられる時もあれば、雲の向こうに隠れていて見つけられない時もある。月明かりにそっと抱かれると、懐かしいような気持ちになって安心できる。そうすると、胸の内側で無数の蟻が右往左往しているような騒ぎが静まって、どんなにコックの鼾や歯ぎしりがうるさくても、深く眠ることができる。

でもまさか、僕がスーパーサーカスに行くはめになるなんて……。

それだけは、絶対に、絶対に嫌だった。だけど、僕しか都合をつけられる人がいなかったのだ。

「トイレは？　トイレ掃除はどうなるの？」

そう訴えて最後まで抵抗したけど、ダメだった。トイレは、他の子ども達がみんなで協力してきれいにすると言い出したからだ。今まで、汚す方の側だったのに。最後は団長までが「視察」という言葉を用い、僕にスーパーサーカスを見て団員達に報告するよう命じた。僕の気持ちを置き去りにして、事は着々と進行した。

当日の朝、トリッパが、よそ行きの服を出して持ってきてくれた。小学校の入学式に、代々息子達が着用したものだという。トリッパの子ども達は、みんな、体格がいい。だから、ジャケットも半ズボンも、まだ僕の体を包むことが可能だった。ただ、半ズボンの腰回りは妙にきつくて、股の部分がおしりに食い込むのは本当に気持ち悪かった。でも、貸してもらう分際で、文句なんか言えない。トリッパに蝶ネクタイを結んでもらって厨房に行くと、コックはあからさまに笑いを堪えながら、僕をじろじろ舐めるように見回した。

「少年、よく似合っているじゃないか」

「馬子にも衣装とかって思っているんでしょ」

僕はムッとして言い返した。

「よくそんな古い言葉を、知ってるな」

コックが話を逸らそうとする。

「いや、本当に似合っているよ、れっきとしたジェントルマンだ」

コックは、尚も僕の姿を遠目にながめた。それから、ふと思い出したように、

「この袋に、金が入れてある。これで、メモにある物を買ってきてくれ」

と付け足した。念のため、リストの文字が全部読めるかを確認する。その中には、スーパーサーカスで売られているコピードーナツも入っていた。

「バザールに行って、いい商品を選んで買ってくるんだぞ」

コックから頼まれたのは、主に料理に使うスパイスだ。

「タンポンとナプキンも忘れずにね」

後から来たトリッパが口をはさむ。これだけは、今すぐリストから削除してしまい

たい。でも、トリッパには逆らえない。
「あ、それと」
トリッパは更に追加した。
「せっかく薬局まで行くんだったら、コンドームも買ってきておくれ」
周りから、どっと拍手が起こった。いつの間にか、厨房にたくさん人が集まってい
る。開演前の忙しい時間帯だというのに、みんな、新市街に行く僕をわざわざ見送り
に来てくれたのだ。すると、
「知らない人について行っちゃダメよ」
人垣の向こうから、懐かしい声がした。顔を向けると、食べすぎたようにおなかを
膨らませたローズが立っている。
「少年、健闘を祈ってるわ」
健闘なんて言われても、何をどうがんばったらいいのかさっぱりわからない。僕は
ただ、しぶしぶ新市街に行くだけなのだ。そして、しぶしぶスーパーサーカスを偵察
に行く。
「前に背の高い人が座っていたら、ちゃんとクッションをもらうんだぞ」
「バザールで迷子になりそうになったら、一番高いテレビ塔を探すんだ。そうすれば、

バザールの外に出られるから」

「せっかく街に行くんだから、バザールの屋台で、何からまいものを食って来いよ」

「街行きのバスの中にはスリがいるから、絶対に寝るんじゃないぞ」

「もしどうしても眠くなったら、財布はパンツの中にしまうんだな」

そこでまた、どっと笑いが発生する。みんな、僕のことを心配して口ぐちにアドバイスをくれる。中には、今までまだ一度も言葉を交わしたことがないようなアウトレットトオーケストラのメンバーまでが、見送りに来ていた。

「行ってきます」

みんなが僕の背中を見送ってくれているのがわかったけど、振り返らなかった。ひとりでの外出は、あの日に番外地まで自転車でやってきて以来、初めてのことだった。

あれほど嫌悪していたはずのスーパーサーカスは、何から何まで、すべてがまるで別世界だった。僕は、未来の、架空のサーカステントに迷い込んだ気分だった。

まず行ってすぐに驚いたのが、やっぱりトイレだ。最初、そこがトイレだなんて、信じられなかった。だって、僕とコックが寝泊まりする箱よりも広いくらいの空間なのだ。僕ひとりなら、絶対にここに住める自信がある。正直、グランマと暮らしていた屋根裏部屋より、広かったかもしれない。床には髪の毛一本落ちていないし、便器は、舐めてもよさそうなほどにピカピカに磨きあげられていた。

しかも、水洗だった。レインボーサーカスの場合は汲み取り式だから、どうしても臭いが残る。でもスーパーサーカスのあのトイレは、少しも臭いがしないどころか、甘い、今までの人生で数回しか口にしたことがないけど、本物のハチミツのような香りがどこからともなく漂ってくるのだ。

それ以上に驚いたのは、便器からシャワーみたいなのが出て、おしりを洗ってくれたことだ。よくわからなくて適当にボタンを押してみたら、ぴゅーっと温かいお湯が飛び出したのだ。シャワーの後には風が出てきて、濡れたおしりをきちんと乾かしてくれる。

ふと天井を見ると、上から小さなシャンデリアのような物がぶら下がっていた。僕はもう、その快適なトイレから一歩も外に出たくないほどだった。

でも、開演を知らせるベルが鳴ったので、慌ててトイレを出て着席した。その座席もまたクッションがふかふかで、ただの木の板を並べたレインボーサーカスの階段席とは大違いだった。トイレにせよ椅子にせよ、いちいちそんな有り様だった。

肝心のショーはというと、重力をあまり感じない水中での優雅なショーを見ているようで、最初から最後までずっと夢見心地だった。舞台正面の前から二列目だったこともあり、その演技を間近で見ることができた。ステージにいる人達の息づかいが聞こえたし、したたる汗も、化粧の奥に隠された素顔も見えそうだった。衣装も今まで見たこともないような風変わりな色彩で、化粧の仕方もそれぞれ違い、みんな個性的で似合っていた。

もしも毎日、こんな内容の夢を見られたら、さぞかし幸せだろう。

休憩を入れて三時間のショーは、あっという間だった。僕はすっかり、スーパーサーカスの虜(とりこ)になった。ミイラ取りがミイラになったような居心地の悪さは拭(ぬぐ)えなかったけれど、このスーパーサーカスのショーを見て、嫌な気分になる人は誰もいない。

ショーが終わって会場から離れても、まだ夢の中にいるみたいだった。自分が、地面から十センチくらい浮いた場所を歩いているのではと思えた。ぼんやりとしたままふらふらと歩いているうちに、迷宮のようなバザールの奥深くで、すっかり迷子になっていた。

なんとか迷路から抜け出そうとその場でもがいていると、あちこちから呼び込みの声がかかる。爪(つめ)を切るための道具だけを取りそろえた爪切り屋、手編みのカゴ屋、帽子屋、スリッパ屋、ハサミ屋、靴屋。またある一角では、思い思いに絨毯(じゅうたん)を広げ、その場で競りを行っている。なまりなのか、それとも言葉自体が少し違っているのか、僕の耳には会話があまりよく聞き取れない。とにかく街の人達は早口でよく喋り、歩くのも早い。みんながどこかへ急いでいる。

僕は、目の前に立ちはだかる人々のおしりをかき分けるようにして、奇妙な形のテレビ塔を目指し、とりあえず一度バザールの外に出た。それからもう一度、バザールの内部に突入した。買い物を頼まれていたからだ。

お使いリストを見ながら次々と買い物を済ませた。コックから言われたスパイスも、無事に調達する。リュックは、買った物ですっかりパンパンに膨れ上がった。ぐるぐると歩き回っているうちに、だんだんおなかもすいてきた。屋台で何か食べてきてもいいと言われたので、僕は、いい匂いがする方へ足を向ける。見たこともない、どんな味がするのかも全く想像できないような食べ物が、布を広げたような一枚のテントの下、どこまでもどこまでも並んでいる。

歩いていたら、ある屋台の前でひとりでに足が止まった。見上げると、肉の固まりのようなものがあった。じゅるじゅると音を立てて肉汁が滲みだし、いかにも香ばしい匂いが流れてくる。思わず唾を飲み込んだ。おなかと背中の皮がくっついて、その場にへたり込みそうだった。

「一つください！」

　頭で考えるよりも先に、口走っていた。ポケットからお金の入っている袋を取り出し、コインを数枚握りしめる。屋台のおじさんが、肉の固まりの表面を削ぐようにして、細長いナイフで薄く肉を切ってくれる。それを丸く焼いたパンのようなものの間に挟み、更に玉ねぎや緑色の葉っぱみたいなのも入れて上からソースをかけ、最後にぎゅっとレモンをしぼり、新聞紙に包んで渡してくれた。手にしたそれは、ずっしりと重たくてとても熱い。

「どうもありがとう」

　コインを渡すと、おじさんがおつりをくれた。笑うと、歯がぼろぼろなのがわかった。

　レインボーサーカスの人達は、みんな熱心に歯磨きをする。今日も、薬局で歯磨きペーストを買ってくるよう頼まれている。でも、おじさんは歯を磨かないのだろうか。そんなことを思いながら、おつりをポケットの袋に戻す。それから空いている席につき、買ったばかりの食べ物をほおばった。齧りついた瞬間、肉汁がしたたり落ちる。日没が近いのだろう。空が、だんだん暗くなってきた。

　その後、最後の難関、薬局へと行った。薬局は、さっき一度迷ってテレビ塔のすぐ下に出た時、広場の一角にあるのを確認済みだった。

歯磨きペーストと髭剃り、それにトリッパから頼まれた生理用品は、なんとか自力で陳列棚から見つけ出すことができた。けれど、どうしてもあれだけは、見つけられない。僕は、重たいリュックを背負い、手にも大きな買い物かごを持ったまま、何度も陳列棚の間を探しまわった。でも、やっぱりそれらしき品はどこにも置かれていないようだった。

すると、

「何かお探しですか？」

後ろから、声をかけられた。振り向くと、若くてきれいな女の人が立っている。エプロンをかけているから、この薬局で働いているのだろう。面影が少しローズに似ている。僕は、はっきり言ってこういう女の人に弱いのだ。もう、どうしていいのかすっかりわからなくなった。

「ごめんなさい」

僕は、とっさに謝った。自分でも、顔が林檎のように赤くなり、火照っているのがわかる。

「謝らなくていいのよ、お客さんなんだから」

彼女は言った。

「それより、何か探し物でしょう？」

僕と視線を合わせるように、身をかがめてたずねてくる。

「何を探しているの？」

「コ、ココ、ココココココ」

でも、やっぱり言えない。本当にどうしよう。このままでは、トリッパに頼まれた品を買えないどころか、歯磨きペーストや髭剃りまで買う時間がなくなってしまう。

すっかり泣きそうになってしまっていると、

「ちょっとお姉さん、スキンはどこなの？」

どこからか、野太い声がした。てっきりおじさんかと思ったら、おばさんが立っている。

「えーっと、コンドームでしたら」

さっき僕に話しかけてくれたエプロン姿のお姉さんが、おばさんを連れて薬局の隅っこに移動する。あった。確かにあそこにある。高い所ばかり見ていたから、あんなところに避妊具コーナーがあったなんて、気付かなかったのだ。

僕は反対側の通路を通って、エプロン姿のお姉さんとおばさんの先をこし、慌ててコンドームの箱をつかみ取った。いくつか種類があったけど、いちいち選んでいる余裕なんてない。とにかく黄色い箱を一個取ってカゴに放り、急いでレジまで走った。

レジには男の人がいる。心臓がドキドキしたけど、エプロン姿のお姉さんに会計をされるよりは、まだましだ。お金を払う時にもし何か聞かれたら、父さんと母さんに頼まれたのだと嘘をつこうと思っていた。でもレジの男の人は、僕が生理用品や避妊具を買っても何も言わず、それらを丁寧に紙の袋に入れて渡してくれた。

バスの振動に揺られながら、何度も、くっつきそうになる瞼を必死にこじ開けていた。誰かが、バスにはスリがいるから気をつけるようにと言っていたからだ。でも、途中からはその心配もなくなった。スリも何も、バスの乗客は僕ひとりだけになったからだ。運転手さんは、大きな音でラジオを聞きながらバスを運転している。ラジオから知ってる曲が流れてくると、大声で一緒に歌った。もしかしたら、僕がまだ乗客として残っていることに気付いていないのかもしれない。うとうとしているうちに、バスは番外地へと到着した。

僕が新市街でスーパーサーカスを見ている間、実は、このレインボーサーカスでは大変な事件が起こっていた。

そのことを知ったのは、翌朝になってからだった。

厨房に行き、床に置いてあった段ボールの箱を何気なく開けたら、なんとペンギンの死体が入っていたのだ。

あまりに驚いたせいで、僕は最初、まさかと思い、ペンギンのぬいぐるみが横になっているのかと思った。でも、違った。それは、正真正銘、本物のペンギンの亡骸だった。

ペンギンが死んだのだ。あの、美しい飛翔を見せてくれたレインボーサーカスの花形スターが。生まれ故郷を遠く離れて、仲間には誰からも看取られることなく。

コックが、事情を教えてくれた。転落死だったそうだ。

通常、ペンギンは、足を伸ばしたブランコ乗りの爪先から爪先へと飛び移ることになっていた。出発点の方のブランコ乗りが軽く爪先をしならせると、その反動を受けてペンギンが飛び立つ。軽くジャンプさせるとペンギンは小さな羽を広げるので、下から見ると、一瞬、本当にペンギンが飛んでいるように見える。それを今度は、着地点となるブランコ乗りが、爪先でしっかりと受け止める。それを何度か繰り返すのが、このショーの見どころだった。

「だが昨日は、キムチかタピオカのどっちかが足を捻挫していたらしく、ほんの数ミリか零コンマ数ミリ、飛距離が違ったらしいんだ」

「そんな……」

僕は絶句した。でも、足元に横たわるペンギンに目立った外傷は見当たらない。

「そりゃあ、見事な落下だったよ。客の中には、これも芸かと思って、拍手喝采を送る人もいた。でも、打ちどころが悪かったらしいんだ。絨毯の上に着地して数歩歩いたと思ったら、そのままぱたんと横に倒れて。団長が慌てて駆け寄ってペンギンを抱きしめ、バックステージに運んで心臓マッサージと人工呼吸を続けたんだけど、息を吹き返さなかった。こう見えて、こいつはもう二十年近くステージに立っている。疲労もあっただろうし、もう寿命だったのかもわからん」

コックの説明を聞きながら、僕はしゃがみ込んでペンギンの体に触れた。見た目は柔らかそうなのに、すっかり硬くなっている。この硬さは、死んでしまったからそうなのか、それとももともと生きている間も硬かったのかわからない。僕は、そっとペンギンを持ち上げ、胸の中に抱きしめた。

どこにも分類できない感情が静かに込み上げ、積み重なっていく。ペンギンの首の周りには、ゴムの跡が残っていた。二十年間、ずっと蝶ネクタイをつけてステージに立ってきたのだろう。僕は、そのうっすらと残された細い窪みを指でなぞった。ペンギンは今にもぴょこんと起き上がりそうなのに、体は氷のように冷たい。

「でもどうして、ペンギンがここにいるの？」

手の甲でゴシゴシと涙を拭いながら、僕はコックに質問した。すでにコックは、ランチの準備を始めている。

「供養するためさ」

「供養？　まさか、このペンギンを、みんなで食べるってわけじゃないよね？」

僕は、自分で言いながら恐ろしくなった。でもまさか、そんなこと、いくらなんでもありえない。けれど、コックは平然と言ってのけた。

「なんでまさかなんだ。ペンギンだって、もとを正せば、そもそもが鳥だ。ちょっと風変わりな鳥類だがな。こいつは、運動神経が抜群のペンギンだったから、身がしまっていて、適度に脂ものっているはずさ。しかもこいつは、生前、かなりいい餌を食っていた」

「ねぇ、冗談でしょう。ペンギンなんて、食べないよねぇ」

僕はコックの言葉をさえぎり、作業をしているコックの腰の辺りにしがみつく。早く、冗談だと言ってほしかった。

「少年、いいか、よく聞くんだ」

コックは、僕をさとすような口調で言った。僕の頭に、コックの大きな手のひらがベレー帽のようにかぶさっている。

「俺達みたいな下々の人間は、そこらじゅうにあるものを食って、胃袋を満たさないと、明日が来ないんだ。そうやって、太古の時代から命を繋いできた。猫が死ねば猫を食らう。ペンギンが死ねばペンギンを食らう。それが、俺達流の供養なのさ」

そして、今日のランチはペンギンの唐揚げ、甘酢あんかけだ、と付け足した。

僕の胸に、とつじょとして怒りが込み上げた。

本当は、ペンギンの亡骸を奪って、どこかに埋めてあげたかった。きちんと、土に返してあげたかった。けれどペンギンは、コックの足の間に置かれていて手出しできない。

「僕、そんなランチだったら、いらない」

「好きにしたらいい」

「厨房も、手伝わない」

「それも、少年の好きにしたらいいさ」

コックは、ふだん使わない大きな包丁を取り出し、砥石(といし)の上を滑らせるようにして磨(と)いでいる。

僕は、厨房を飛び出した。

だけど行く場所なんてどこにもないから、結局トイレの個室にこもるしかない。何もかも忘れるくらい、トイレ掃除に没頭したかった。けれどこんな時に限って、トイレが少しも汚れていないのだ。

僕は絶望し、きれいなトイレを更に黙々と磨き続けた。

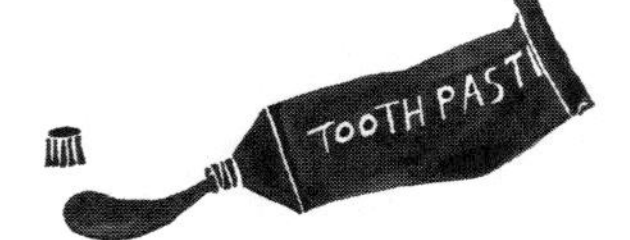

8

あっという間の出来事だった。

公演終了直後、ペンギンの転落死の様子がインターネットの動画サイトに公開されるや、翌日には一部のマスコミが騒ぎ始め、数日後、そのことが新聞の地方欄に取り上げられた。すると、これに目をつけた動物愛護団体が、連日、番外地まで抗議に訪れるようになったのだ。

その数は日に日に増えて、サーカスを取り囲むフェンスを、ぐるりと人の輪で囲んでしまうほどだった。ペンギンの転落死は、レインボーサーカスを良く思っていない市民団体や、できれば番外地から追い出すことを目論(もくろ)んでいた政治家に、絶好の機会を与えてしまったのだ。

これでは、お客がレインボーサーカスを見にきたくても、簡単には中に入れない。抗議の矛先は、僕らレインボーサーカスの人間だけでなく、それを見ようとする人達にまで向けられていた。結果として、ペンギンの転落死がお客の激減に拍車をかけ、その勢いはとどまるところを知らない。それでもなんとか、公演を続けているのが実情だった。

「だけど、誰があんな映像を……。実際のペンギンは、流血なんかしていなかったのに」

ペンギンの死から半月ほどが過ぎた午後遅く、コックはビールの空き瓶で肉の固まりを叩き（たた）きながらつぶやいた。

「そんなの、これを使えばおちゃのこさいさいですよ」

そう言ったのは、テンペ様だ。いや、正確には、言ったのではない。書いたのだ。テンペ様はもう半世紀以上も黙り続けている菜食主義者で、どんな時でもふんどし一丁で過ごしている。以前は紙と鉛筆を持ち歩いて筆談をしていたらしいのだが、スマートフォンが普及してからというもの、愛用の端末を常に携帯しているのだ。テンペ様はあの、サーカステントの一番高いところまで椅子を積み上げる天空椅子の達人だ。団長の祖父の代から、このサーカスに所属しているという。

テンペ様は、僕とコックが協力して子牛のもも肉を薄く伸ばしていると、さらさらとキーボードを操作して、あっという間に画面に取り込んだコックの顔写真から血を流させた。

「うわぁ」

「まるで本物みたいだな」

ビールの空き瓶を振りかざす手を一瞬止め、僕とコックが同時にテンペ様のスマートフォンを覗き込む。本当に、コックの顔にできた深い赤紫の痣といい、血の流れ方といい色といい、それが作り物のようには見えない。

「連中は、都合のいいように事実を捻じ曲げる。それを鵜呑みにして信じる連中も大勢いる。今の世の中、先に大声で怒鳴った方が勝ちだ。正しいとか、正しくないとかは関係ない」

再び小雨が降るような音で、テンペ様がキーボードをなめらかに打った。

「全くだよな」

「許せないよ」

僕とコックはそれぞれ怒りを込め、その憂さ晴らしをするように、思いっきり肉を叩いて薄くする。今作っているのは、ウィンナーシュニッツェルだ。焦がしバターでカリカリになるまで揚げ焼きし、上にトマトソースをのせて食べるという。

夕食後、緊急会議が開かれた。

お客のいない時のテントは、なんて物淋しいのだろう。学校からの帰り道に雨に降られ、どこか知らない家の軒先で雨宿りをしているような気分になる。それにしても、全員参加の会議なんて、初めてだ。僕は、まさか自分も参加するなんて思っていなかったのだけど、とにかく大人から子どもまで、番外地で暮らすメンバー全員が招集された。

「このままでは、レインボーサーカスの存続自体が、危うくなってしまいます！」

第一声を高らかに上げたのは、団長でもマダムでもなく、トリッパの婿だった。分厚い帳面を広げると、一回の観客数、チケット売り上げ、リングリングドーナツや記念撮影などの副収入、それらがいかに激減しているか、いちいち細かい数字を持ち出して説明する。

トリッパの婿が帳面を閉じると同時に、

「じゃあ、どうしろっていうんだ！」

気性の荒いテキーラが、唾を飛ばしながら叫んだ。その場にいた全員の苛立ちを代弁するようだった。

テキーラは、団長と初代マダムの長男で、火噴き芸を担当する。いつも、片手にテキーラの瓶を握りしめている。

「き、切り詰めるしか他に方法はありません」

それでもトリッパの婿は、テキーラの凄みに怯むことなく、言い返した。それにテキーラの妻が反論する。

「私達は、もうすでに最善を尽くしているわ。あと他に、どこをどう切り詰めるっていうの。衣装だって、もう何年も新調なんかしていない。子ども達に、新しいランドセルも買ってやれないっていうのに」

そうだそうだと、あちこちから賛同の声が上がる。

「食費だって、もうこれ以上削ることはできんぞ！」

方々から荒っぽい怒声が飛び交う中、コックも手を挙げて立ち上がった。

「今だって、残り物をなんとか工面して、ぎりぎりでやっているんだ。これ以上切り詰めたら、団員達の健康を保障できなくなる！」

コックの言葉に、みんなが活気づく。子ども達は、拍手だけでは物足りず、思いっきり足を踏みならしている。

「では、新しいアイディアを出して、もっとこうサーカスを盛り上げるというか……」

さすがに、トリッパの婿の声は尻すぼみになった。

「ストリップショーでもしろってか」

「世界初の、セクシーサーカスだ！」

と、その時、向こうの方で誰かが立ち上がった。トリッパだ。

「こうなったらアタシが、現場復帰してやるよ」

一瞬、テントの中が静まり返った。

そうか、トリッパは団長と三代目マダムの娘なのだから、彼女もサーカスで生まれ育ったということだ。つまり、彼女も演技ができる。僕の後ろの方の席で、誰かがひそひそと話すのが聞こえてきた。

「十代の頃は、西洋一のシルクバロックと言われて、雑誌の表紙を飾ったこともあるらしいわよ」

「でも、現場復帰するなら、まずは今の半分になるまで体重を落とさないとな」

「半分じゃなくて、三分の一にならなきゃ無理よ……」

テントのいたる所でそんな会話がなされているのだろう。また、騒がしくなった。

ステージの中央にいるトリッパの婿は、帳面を小脇に抱えたまま、収拾がつけられず、ぼんやりと立ちすくんでいる。

その時、

「静粛に！」

団長が立ち上がり、ステッキの先で数回階段席を叩いて全員に注意をうながした。

「観客がたとえひとりだけになっても、ひとりのために芸を披露する。それが、サーカスアーティストというものだ！」

団長の頼もしい言葉に、みんなが拍手喝采で同意した。僕も、精いっぱい手を叩き、それだけでは足りない気がして、子ども達と同じように足踏みもする。会場内が、大きな熱気に包まれた。

「公演は、今まで通り、毎週末、春の連休が終わるまでは、ここ、番外地で行う。その後、例年通り、巡業に出る」

もしかしたら、こんな状況が長引くと、公演自体、続けるのが難しくなるのではないかと心配していたのだ。そうなったら、最初に首を切られるのは自分だと、ある程度の覚悟も決めていた。でも、団長の言葉を聞いて、安心した。やっぱり、サーカスにはサーカスの役目がある。人は、サーカスなしでは生きられない。そんなことを思っていたら、

「ところで諸君」

団長がまたもや大声でみんなに呼びかけた。いつの間にか、ステージにいたはずのトリッパの婿は姿を消している。団長は、ぐるりと円形のテント内を見回し、僕の方を向いた。そしていきなり、

「少年、前へ」

と、僕をステージ上に呼び出した。

何か失敗でもしたのだろうか。やってはいけないことを、知らずにしてしまっていたのだろうか。階段を一段下がるごとに、不安が増してくる。

「報告したまえ」

団長はひと言だけそう言って、僕の背中を前に押しやった。何のことだろう、トイレ掃除のことだろうか、と思い、状況がつかめないまま黙っていると、

「スーパーサーカスはどうだったんだ？」

団長はじれったそうに言葉を補足した。スーパーサーカスという響きに、またもや会場内でざわめきが起こった。そうか、ペンギンの転落死事件があって、僕自身、自分がスーパーサーカスに行ったことすら、忘れそうになっていた。でも、あれはあれで、大事件だったのだ。

「感動しました」

僕は正直に打ち明けた。

言ったそばから、なんだか自分が裏切り行為をしてしまったようで、涙があふれそうになる。でも泣いたら、裏切りが本当に現実になってしまいそうに思えたから、絶対に泣くまいと踏ん張った。

みんなが、僕の続きの言葉を待っているのが、手に取るようにわかる。僕は、一度天井を見上げた。あんな高いところまで椅子を積み上げて芸をするなんて、テンペ様はなんて勇敢なのだろう。

「大きな、とても大きな会場でした。開演前、大人の人達はお酒を飲んだり、子ども達はジュースを飲んだりして、なんていうか、その時点でもう、サーカスのショーが始まっているようでした。お客さんはみんな、とてもきれいな服を着ていて、幸せそうで、サーカスの時間そのものを楽しんでいました」

「そりゃあそうだろ。チケット代があんなに高いんだ。金持ちしか、見に行けねぇべ」

どこからか、ヤジが飛んでくる。

「いいから、黙ってあの子の話をお聞き！」

隣にいた女性が、声の主をぴしゃりと制した。

「ショー自体も、素晴らしいと思いました。ものすごく天井が高くて、そこを自由自在に空中で演技するというか。まるで、無重力空間での演技を見ているようでした」

僕の言葉に、会場内の人達からため息がもれた。

「命綱は？　あいつら、命綱はつけてやってたのか？」

誰かが、僕の報告を待ちきれないと言わんばかりに、間に入って質問する。僕は、落ち着いてその質問に答えた。

「危険を伴う演技の時は、ほとんどの人が、命綱をつけて演技をしていました」

そう言った瞬間、やっぱりそうだ、あいつらは度胸なしだよ、命綱をつければ誰だってどんな高さでも演技できるべぇよ、と方々からあざけるような声がする。

「そうかもしれません」

僕は続けた。確かに、命綱をつけているのがわかるだけで、見ている時のスリルのようなものは半減する。

「でも、演技をしている人達が、みなさん、とても幸せそうでした。そして、何よりも印象的だったのは、全体を通して、ひとつの物語のような構成になっていたことです」

実のところ僕は、スーパーサーカスのクライマックスで、主人公のおじいさんが天国に旅立ってしまうシーンを見ながら、泣いてしまったのだ。もしかしたら、それがレインボーサーカスとの一番の違いかもしれない。レインボーサーカスの場合、演技と演技の間に関連性がなく、すべてがぶつ切れになっている。

でもどうやら、僕の言ったことは、あまりうまくみんなに伝わらなかったらしい。

「ドーナツは、ドーナツはどうだったのよ？」

誰かが、イライラしているような声で質問した。僕が答えようとすると、

「それには、私が答えるよ」

ずっと押し黙っていたマダムが、杖に頼りながらその場に立ち上がった。いつからマダムは、杖をつくようになったのだろう。マダムは抑揚のある声で話し始めた。

「なかなか、うまくできているドーナツだったよ。味は、リングリングドーナツにかなり近づけてある。でも、やっぱり偽物だ。表面は限りなく近いけど、オリジナルのリングリングドーナツとは、全く違う。ドーナツっていう言葉自体、名乗って欲しくないね」

それには、僕自身が先頭に立って拍手した。

ペンギンの告別式の後、何人かが厨房に集まり、僕が買ってきたリングリングドーナツのコピー商品を試食したのだ。確かに、一口食べた時は、かなり近い出来だと思

った。でも、半分も食べると、胃がもたれて指も油でベトベトになった。

「あっちは、偽物の材料を使っているのさ。ただ、出来あいの粉を機械で混ぜて生産しているにすぎない。だから誰が作っても、どんな気持ちで作っても、同じ味になる。要するにそれは、中身がないってことと全く一緒だよ」

あの時、マダムは最初、食べなくてもわかると言い張って、絶対に試食しようとしなかった。けれど、僕らが食べ進めるうち、覚悟を決めたようにひとかけらだけ口に入れ、味を確認した後そのままティッシュに吐き出したのだ。あの時のマダムの顔といったら……。

「それと、トイレがものすごく快適でした」

これだけは、どうしても団員のみんなに伝えたかった。きれいなトイレが嫌な人なんて、どこにもいない。トイレは、絶対に清潔な方がいいに決まっている。

「よっ、便所の番頭さん！」「さすがだねー」「トイレの王子様！」

いろんなところから、冷やかしの言葉が飛んでくる。

ふと顔を上げて一番遠くの客席を見ると、ローズがいた。もたれかかるようにしてトロに寄りそい、自分のおなかを撫でている。僕の視線に気づいたのか、僕の方を見てウィンクした。

僕が立っているステージから、本当にみんなの顔がよく見えた。まだ名前も知らない人もいるけれど、親しくなった人達もたくさんいる。その場所から全員の顔を見ていたら、僕はなんだかものすごく幸せな気分になった。

もしかすると、スーパーサーカスくらい会場が広いと、こんなふうにお客さんの顔がはっきり見えることはないかもしれない。それに気付いたら、ますます幸せになって、背中から小さな羽が生えたような気分になった。

僕は、ほんの数秒前までは言うつもりのなかった言葉を、気がつくと声に出して叫んでいた。この気持ちを伝えずにはいられなかった。

「本当に、スーパーサーカスは素晴らしかったです。僕なんかに見る機会を与えてくれて、心から感謝しています！」

そこまで言うと、会場のざわめきが落ち着いて、全員が僕の声に耳を傾けているのが伝わってきた。僕は続けた。

「でも、スーパーサーカスを見て、僕はますます、このレインボーサーカスが好きになりました。確かにトイレは向こうの方が上だけど、レインボーサーカスには、他の誰の真似（まね）でもない独特の世界があります。スーパーサーカスを見て、そのことに気付くことができました。だから、僕を見に行かせてくれて、ありがとうございます！」

パラパラとまばらに起こった拍手は、少しずつ勢いをまして、最後はスコールのようになる。団長も、団長の愛人ナターシャも、チェリー姉妹も拍手をしてくれている。チェリー姉妹は、それぞれ外側にある右手と左手をハイタッチするような形で、何度も手のひらを合わせていた。

不思議なことに、ステージに立っている時、僕はすべてのことを忘れて、等身大のまま大人になっていた。でも、演技をしたわけでもないのに拍手されている自分が急に気恥ずかしくなり、慌ててコックの隣の席に舞い戻った。それでもなぜだか拍手が鳴りやまず、僕はますますその場所に縮こまって、顔を赤くした。カタツムリみたいに、背中に殻があったらその中に潜り込んでしまいたかった。

それなのに。緊急会議での団長の言葉が、すべて覆(くつがえ)されたのだ。

突如として、春休み特別公演の中止が決定した。それはまさに、寝耳に水の知らせだった。

当初、春休み特別公演は五月の第一週まで開催され、連休が終わってからテントを畳み、巡業に出ることになっていた。チラシにも、そういうスケジュールが明記されている。でも、予定を切り上げ、四月を待たずに今シーズンの番外地での公演を終了することになったのだ。

いきなり公演が中止になったというのに、コックはさほど驚いていない。あれほど客がひとりになってもサーカスを続けると言っていた団長に、怒りも示さない。僕は、憤慨して腸(はらわた)が煮えくり返りそうなのに、いつも通りランチの準備に取りかかっている。

今日のランチは、ロールキャベツだ。僕が広げた茹(ゆ)でキャベツの葉の中心に、コックがスプーンでひき肉を置き、それを僕がくるくると丸めて俵の形を整えていく。

「でもさ。これからレインボーサーカスを見るのを楽しみにしていた人は、どうなるの？　もしかしたら、すごく遠いところから見に来ようとしている人だっているかもしれないのに。いくらなんでも、無責任すぎない？」

「まぁまぁ少年、そんなに怒るなって。怒ったからって、解決する問題でもない」

コックは、どうしていつもこう悠長でいられるのだろう。

「きっと、マダムの一存で決まったのさ」

「レインボーサーカスの陰の実力者は、マダムだからね」

「そうさ、その通りさ、少年。つまり、団長でさえ意見を変えられないことを、俺達がどうのこうのほざいたって、それはエネルギーを無駄に消費するだけなんだ。この世のすべては、なるようにしかならない。ケーセラーセラーっていう、有名な歌もあることだし」

　そして、何食わぬ顔でコックは続けた。

「とにかくこっちにいる間に、無駄なく食糧庫の在庫を使いきっちまわんといかんな。そろそろ暖かくなって、傷むのも早くなってきたから。こうなったら、毎晩毎晩、どんちゃん騒ぎといこうじゃないか！」

　こんな窮地だというのに、さっきからコックはなんだか楽しんでいるみたいだ。それでも僕は、落胆したまま立ち直れなかった。すると、コックが真面目な顔をして僕の瞳をのぞき込む。

「少年、どうせもう事実は変わらないのさ。公演は中止になり、俺達は早めに巡業に出る。きっとこのまま番外地で公演を続けていても、資金不足で、それこそ巡業にすら出られなくなると判断したんだろ。それも正解かもしれん。何が正しい判断だったかは、時間が経ってみてからじゃないとわからないことが多いんだ」

「そんなもんなのかなぁ」

　こうしてコックと話している間にも、上空をヘリコプターが飛んでいる。いよいよ、世界中で過激な活動をする動物愛護団体からも目をつけられるようになり、公演日でもないのに朝からシュプレヒコールが後を絶たなかった。あからさまな妨害行為も目立っている。しかも、結局ペンギンは唐揚げになどせず、僕を驚かしたコックが責任を持って埋葬したのに、僕らが死んだペンギンを食べたというデマがまたもや流されたのだ。そのことがますます、抗議運動に拍車をかけていた。

「そうだね、このままじゃ、どうすることもできないもんね」

僕は、半ばあきらめの気持ちを込め、ため息混じりにつぶやいた。

「そうさ、少年。どうせ人の記憶なんて曖昧なものさ。俺達が巡業から戻ってくる秋には、抗議行動もおさまってるだろ。ペンギンの転落死も、記憶の彼方に葬り去られているだろうよ」

その時、どこからか銃声が二発、立て続けに鳴り響いた。僕とコックは、同時に耳を塞いで床に伏せた。確かにこれ以上番外地に留まるのは危険かもしれない。動物愛護団体の抗議行動がエスカレートして、歯止めが利かなくなっている。万が一お客さんに危害が及べば、今シーズンどころか、レインボーサーカスの存続自体が危なくなる。このまま団員たちのサーカス人生が潰されかねない瀬戸際だった。

やっぱり団長は、レインボーサーカスの未来のために、正しい判断を下したのだ。

9

撤収作業も無事終了し、いよいよ明日から巡業の旅が始まる。テントはもちろん、階段席も小道具も、照明機材も洗濯機も厨房の流し台も、サーカスに関わるほとんどの荷物が数個のコンテナに収まっている。あとは、明日の朝の出発を待つだけだ。

そんな矢先、ナターシャの箱で物騒な事件が起こった。

いつものようにナターシャの所でくつろいでいた団長を、ナットーが訪ねたのだ。ふたりが面と向き合って話をするのは、ナットーの性転換手術以来初めてのことだったという。

ナットーは、いきなり団長の胸に、レインボーサーカスからの退団届けを突きつけたらしい。ナットーは、このレインボーサーカスきっての花形スターだ。死の綱渡りは、ナットーにしかできない。僕が視察に行ったスーパーサーカスでも綱渡りの芸をしていたけれど、下には防護ネットが張ってあったし、腰にも命綱をつけていた。技術も、どう見たってナットーの方が上だった。ハイヒールをはいて、しかも目隠しをした状態であんなふうに優雅に一本の細い綱を渡るのがどんなに大変か。あの技ができるのは、世界でもほんの数人しかいない。

それに、スーパーサーカスが目をつけていたらしいのだ。ナットーは、スーパーサーカスにスカウトされ、見事オーディションに合格し、移籍を申し出たという。それを聞いた団長との間で小競(こぜ)り合いがおき、取っ組み合いの大喧嘩になりそうになったのをしずめようとしたナターシャが、そばにあった果物ナイフを持ち出し、あろうことか団長の腰に突き刺してしまったのである。

もちろん、ここまでは人づてに聞いた話で、僕自身がその現場を目撃したわけではない。騒ぎを聞きつけて、僕とコックもナターシャの箱に駆けつけた。団長が、腰から血を流している。動揺したナターシャがひきつけを起こし、それをマダムが介抱するという、少し奇妙な状況になっていた。ただ、多少の流血はしているものの、団長の命に別条はなさそうだった。ナターシャの箱の周りには、野次馬達で大きな人垣ができている。

「いいか、もう二度とここには戻ってくるな！　わかったか」

団長は腰の傷を左手でかばいながら、ナットーを怒鳴りつけた。

「わかっているわよ、もう二度と姿を見せなきゃいいんでしょっ。私だって金輪際、あなたの顔を見るのなんてごめんだわ」

いつものエレガントなナットーと違い、さすがに殺気立ち、地声になっている。

「こんな弱小サーカス団、いつか潰れてしまえばいいんだわ。懐古趣味で時代遅れ。過去の栄光にばっかりしがみついて、あなたの生き方そのものが、ずっと前から嫌いだったの」

そう言うとナットーは、その場にしゃがみ込んだ。

「なんだ、その気色の悪い女言葉は」

今度は団長がナットーを攻撃する。

「どうせお前は、いつまで経ったって本物の女になどなれん！　オカマめ、さっさと出てけ！」

ナットーは、顔を真っ赤にして泣き崩れた。

僕は、どうしても団長の放った言葉が許せなかった。そして気が付いたら、大声で口走っていた。

「団長、このサーカスは、自由なんでしょっ。国籍も、宗教も、性別も、肌の色も、年齢も、政治的な信条も、あらゆる境界線から解き放たれている。そして俺達は、平和を愛する！　団長、そう言ってたじゃないですか。あれは、嘘だったんですか？」

　僕は、いつか団長が教えてくれたこのスローガンが気に入っていたのだ。だからこそ、自分もここにいる意味があると思った。このレインボーサーカスを支え、輝く光のひとつになりたいと。なのに、団長は……。

「言っていることとやっていることが、違いすぎるじゃないですかっ！　それじゃあ、建前と本音を器用に使い分けるあいつらと、一緒です」

　あいつらとは、連日抗議行動にやって来る動物愛護団体のことだった。動物を守るという建前を堂々とかざしておきながら、実際のところ、僕らの存在が気にくわないだけなのだ。人の生き方を否定するなんて、団長はあいつらと同じことをしようとしている。

　ナットーはナットーだ。男でも女でも、どっちでも構わない。僕はナットーが好きだ。ナットーの綱渡りは、本当に美しいと思う。もちろん、このレインボーサーカスからナットーがいなくなるのは、すごく淋しいけど。

「私だって、せっかく綱渡り師になったんだもの、もっと大勢の観客の前で、演技をしてみたいわよ」

　泣きながらも、ナットーは必死に訴えた。涙が流れるせいで、せっかくの化粧が台無しになっている。

「こんなどん詰まりのサーカス団で一生を終えるのは、糞(くそ)くらえだわっ！」

ナットーの言葉を聞いて、集まっていた人達が散り散りになった。コックも、僕の背中をそっと促す。

「息子との最後の別れを、静かに過ごさせてやろうじゃないか」

コックが、身をかがめるようにして僕に耳打ちした。

厨房に戻りながら、コックが独り言のようにひっそりと話す。

「あのふたりは、本当に仲の良い親子だったよ。ナットーは、将来自分も、親父(おやじ)のような猛獣使いになるのが夢だったんだ。だけど、満月の夜に大事件が起こって、動物らしい動物はいなくなったのさ。それから団長は現役を退いて、今みたいな舞台監督を務めるようになったんだ」

厨房といっても、もうほとんど荷造りが済んでいるので、鍋(なべ)もフライパンもガスボンベもなく、厨房じゃないみたいにがらんとしている。壁に残された調理のシミ跡が、唯一(ゆいいつ)、ここが厨房として機能していたことを物語っていた。満月の夜の大事件というのが何なのか気になったけど、今はまだ聞かないでおこうとなんとなく思った。

コックが、昼間残ったコーヒーで、ミルクコーヒーを作ってくれた。

「冷たいままで、悪いな」

コックの手から、使い古したコップを受け取る。もう明日から四月だというのに、やっぱりまだ夜になると震えるような寒さだ。

「これから、どこに行くのかな？」

僕は、ミルクコーヒーを飲みながら、コックに質問した。グランマは一切コーヒーを飲ませてくれなかったから、コーヒーの味は番外地に来てから覚えた。それでもまだブラックでは飲めない。だからコックは、いつもたっぷりとミルクを注いでくれる。

しばらくしてから、コックが答えた。

「さぁ、それもマダムが決めるからな。でも、どっちみち南の方だろ。そばに海がある素敵な所さ」

「海？」

僕はまだ、生まれてから一度も本物の海を見たことがない。大きな湖なら、何度かグランマが連れて行ってくれたけど。

「海の幸がたらふく食える」

コックはそう言うと、自分のおなかをさするように撫でまわした。それから、お先に、と言って僕より早く箱に戻った。

その夜、僕はなかなか寝付けなかった。ミルクコーヒーを飲んだからかもしれない。隣のベッドで休むコックの鼾と歯ぎしりの音に耳を塞ぎながら、何度も何度も寝がえりを打つ。けれど、一瞬眠りかけても、またすぐに目覚めてしまうのだ。トイレに行きたくなってベッドから起き上がると、夜中の三時半を少し過ぎていた。もうこれ以上我慢できなくなり、僕は静かに箱を出た。

見上げると、夜という巨大な闇に挑戦状を叩きつけているかのような明るさで、月がこうこうと輝いている。もうすぐ、満月だ。そのせいで、深夜なのにぼんやりと明るかった。

トイレに向かって歩いている時だ。遠くに、人影が動いているのを見つけた。長い髪の毛が、月明かりを受け、鉛のように光っている。しなやかな身の動かし方で、すぐにナットーだとわかった。そばに、旅行鞄が置いてある。僕は吸い寄せられるように近づいた。

テントを撤去した後の地面には、そこだけ白く丸い跡が残されている。どうやらナットーは、ステージのあった場所に一本の綱を置いて、その上を歩いているらしい。それだけでも、ナットーがやると、その周辺に虹色に輝く特別な粉がまかれたみたいに、空気が華やいで見える。その綱の上で優雅に踊っているのだ。僕は足を止めて、しばらく彼女の演技に見入った。なんだか、昔の幻想的な映画を見ている気分だった。演技が一区切りついたところで、思わず拍手してしまい、ナットーが振り向く。ナットーは、僕に気付くと悲しそうな顔をして笑った。それから、両手を広げて近づいてきて、いきなり僕をふわりと胸に抱きしめた。

「少年、さっきはどうもありがとう」

ナットーの髪の毛や首筋から、息苦しいほどの甘い香りが漂ってくる。

「踊りましょう」

ナットーはそう言うと、僕の手を取って綱のある方へ導いた。背の高い彼女と手を繋(つな)ごうとすると、どうしても万歳のような格好になる。手を結ぶ二人の影が、地面に「M」の字を伸ばしたような奇妙な形になって現れている。ナットーと手を繋いでいるだけで、自分の体までが重力から解き放たれて、軽くなっていく気がした。

「何もなければ、ここはただの野っ原と一緒。でも、ひとたびテントが立つと、サーカスが生まれ、立派なステージになるの。これは、一種の魔法ね。何度立ち会っても、不思議な気持ちだわ」

ナットーは、飛ぶことを覚えたばかりの蝶々(ちょうちょう)のように、軽やかにステージの跡をスキップする。

「私も、あなたと同じように、このレインボーサーカスが大好きなの」

「本当に？」

「もちろんよ。オカマはね、嘘をつかないわ。そう、このサーカスがすごくすごく好き。だから、離れようと思ったの」

ナットーの声は、いつもの高い声に戻っていた。

好きだから離れる、その行動の理由が、十三歳の僕にはまだ理解できなかった。でも、大人になると、そういう考え方も選択肢の一つになるということなのだろう、きっと。

「いい？　最初はこうやって、地面に綱を置いて、その上をまっすぐに歩く練習をするの」

ナットーにうながされるまま、綱の上を歩いてみる。ナットーが、僕の手を支えてくれた。それでも、なかなか思うように歩けない。すぐに、よろけそうになってしまう。反射的に、ナットーの手を強く握った。

「難しいね」

僕はそう言いながら、ナットーを見上げた。

「そりゃそうよ、綱渡りっていうのは、単純でありながらも、とっても奥が深いの。

最終的には、世界のおへそにまで通じているんだから」

「世界の、おへそ？」

「そう、私はいつかそこに辿（たど）り着きたくて、綱を渡っているのよ。自分でもいい綱渡りができているってわかる時があって、そういう時は、矛盾してしまうようだけど、自分が今綱の上にいるってことすら、忘れてしまうの。そんな恍惚（こうこつ）とした瞬間は、百回に一回も訪れないけど。普段は、お客さんの顔色をうかがいながら、飽きていないか、つまらなそうな顔をしていないか、そんなことばっかり気になっちゃって。私もまだまだ、先が長いわ」

ナットーから手を離すと、とたんに僕は綱から足を踏み外した。これが、地面ではなく空中に張られた綱の上だったらと想像すると、恐ろしくなる。

「怖くないの？」

あまりにも単純すぎて笑われそうだけど、ふと聞きたくなったのだ。

「怖いわよ、とっても」

ナットーは、何かを思い出そうとするかのように、顔を伏せてしんみり答えた。長いまつ毛が、きれいな影を作っている。

「怖くて怖くて、ステージに上がる時は、いつだってぶるぶる震えているわ。これ、意外だった。ナットークラスになったら、恐怖心なんて微塵も湧かないと思っていた。

「でも、演技を終えて、お客さんから拍手をいただくでしょ。そうすると、そんな恐怖があったこと自体、すっかり忘れてしまうの。サーカスの人間は、きっとみんなそうね。観客の拍手と笑顔を栄養剤にして、なんとか毎日を生きている」

ナットーの声が、静かな夜によく響いた。そして、パッと顔を上げると、にっこり笑って夜空を仰ぐ。

「私も小さい頃、こうやってよく練習したわ。父が、教えてくれたの」

ナットーが、はじめて団長のことを口にした。ふたりの間にどんな確執があるのか、新入りの僕なんかにはわからない。きっと、一生わからないかもしれない。

「団長とは、仲直りできたの？」

「さぁ、どうかしら？　私、父に対してとってもひどいことを言ってしまったから。誰も言えないことを、私が言ってしまったの。でも、ナターシャにはびっくりしたわね。だってあの子、ナイフを持っていきなり父に突撃するんだもの」

そう言うとナットーは、声を上げて笑った。その声が、番外地一帯に響き渡った。

男性でも女性でもない、ナットーの声だった。

「団長、痛かったかな」

「そうね、でも女に切りつけられるのは、あれで二度目だから、少しは痛みに慣れているんじゃない？　最初はね、今のマダムに切りつけられたのよ。右側の腰の上のところを」

「それってもしかして、ナターシャと関係がある？」

「少年、いい勘してるじゃない。そうよ、その通りよ。父がナターシャを針子としてこのサーカスに呼んだ時、嵐（あらし）が起きたの。自分だってもともとは愛人だったくせに、同じことを繰り返すんだから、お笑い草よね」

　またナットーが、高らかに笑う。そんなに大声で笑ったら、箱で寝ている人達が起きてしまうのではと心配になった。でも、少し経っても、うるさいなどと怒鳴る人は現れない。みんな、長旅に備え、ぐっすり眠っている。

「後のこと、よろしく頼むわね、少年」

　ナットーは、僕に右手を差し出した。僕は一瞬戸惑って、彼女の瞳を見返した。近くで見ると、ナットーの顔は彫刻のようで、本当に神秘的だった。

「あなたはきっと、飛び切りチャーミングなサーカスアーティストになれるわ」

またしても、言っている意味がよくわからない。けれど、この空気の流れを止めたくなくて、僕からは何も言わなかった。僕は、ナットーのそばにいられるだけで、なんだか美味しい物を食べた時と同じような気分になっていた。

「淋しくなるよ」

正直に気持ちを打ち明けると、ナットーは急に顔をくしゃくしゃにして、その場にしゃがみ込み、僕を両腕でしっかりと抱擁した。ナットーの胸元で、心臓の鼓動を感じる。僕も、きつくきつくナットーの上半身に両腕を巻き付けた。ナットーが立て膝の格好になると、僕とちょうど同じくらいの目線になる。

「また、レインボーサーカスに戻ってきてくれる？」

僕は、ナットーの耳たぶを口に含みそうになりながら、耳元でささやく。

ナットーは、それには何も答えなかった。その代わり、僕の頰っぺたにキスをした。ぶちゅっと、跡が残りそうな親愛のキスだった。男性だった名残の髭が、ちくちくとして少し痛い。

体を離すと、ナットーの目に涙がにじんでいる。もしかするとナットーは、本当はスーパーサーカスになど移籍したくないのではないかと思った。でも、そういうことを言わないのが大人のマナーに思えた。

「私、世界一の綱渡り師になるわ。約束する」

ナットーが、小指を差し出した。

「うん、絶対に世界一の綱渡り師になって」

僕も小指を差し出す。小指と小指が、月明かりの下で永遠のように絡まっている。

「いつか、スーパーサーカスのショーを見に来て。招待するから」

「うん、約束するよ。必ず、ナットーのショーを見に行く」

その時は、団長も一緒に連れて行きたい。

「もう、このステージに立つのも、最後ね」

ナットーはそう言うと、片足立ちになり、その場でくるくると回転した。それから綱の上で、魚が水面を跳ねるように舞った。ナットーがやるといとも簡単そうに見えるのに、実際は地面に置いた綱の上をただ歩くだけでも大変なのだ。

いつまでもナットーの動きを見ていたかった。けれど、ナットーが最後の時間を思う存分に味わえるよう、僕はその場に背中を向ける。

トイレで用を足して外に出ると、もうナットーの姿は見えなかった。そばに置いてあった旅行鞄も消えている。円形のステージ跡には、綱だけが置いてきぼりをくらっていた。振り返ると、東の空が、ほのかに白みはじめている。

翌朝目を覚ますと、ナットーと夜更(よふ)けに過ごした出来事が、まるで幻のように思えてならなかった。けれど、確かにナットーは、その日を境にレインボーサーカスから姿を消した。誰も、ナットーなど最初から存在しなかったみたいに、彼女のことを全く口にしなくなった。

それが、サーカスの礼儀なのかもしれない。だから僕も、ナットーのことは、自分の心の中以外、一切話題にしなかった。

レインボーサーカスのキャラバンは、隊列をなし、南へ南へと走っている。僕の箱には、休業中のロバが同乗した。箱を車にくりつけて運転するのは、コックだ。風景が、軽快に流れていく。窓から吹き込む春の風が、心地よかった。僕らは、丸々二日かけて目的地へと移動した。

到着したのは、コックが言っていた通り、海辺にある小さな港町だった。

僕がロバの首に紐(ひも)をくくりつけて箱の外に出そうとしていると、続々とキャラバンの車が到着する。最後に少し遅れて到着したのは、紛れもない、トロの運転する箱だった。そのフロントガラスには、バラのシールが貼(は)られている。

「トロ、スピード狂のくせに、今日はお前らしくないじゃないか」

先に到着した一行が、外でタバコをふかしながらトロを茶化す。子ども達は、すでに走り回って遊んでいる。すると、トロが顔面を蒼白（そうはく）にして中から出てきた。

「なんだお前、柄にもなく車酔いか？」

また誰かが茶化すと、

「いや、ローズが産気づいちゃってさ」

トロは、まじめな顔をしてつぶやいた。後ろにくっつけてあった箱の扉が開き、中からマダムが顔を出す。

「誰か、早くお湯を持ってきておくれ！」

マダムが、大声で叫んだ。すぐに、テキーラの嫁がたらいにお湯を汲（く）んで運んでくる。途中から、僕も一緒に手伝った。

「車の振動で、陣痛が早まったんだろ。今すぐに生まれるかどうかはわからないけど、とにかく準備だけはしておいた方がよさそうだ」

マダムはどこまでも冷静だった。

「救急車を呼ばなくてもいいの？」

僕も心配になり、隣にいるテキーラの嫁に話しかけた。

「馬鹿（ばか）なことを言ってんじゃないよ！」

テキーラの嫁が、鼻で笑うように一蹴する。

「サーカスの人間は、代々サーカスの中で生まれるんだ。うちの旦那だって箱の中で生まれたし、アタシも息子ふたりは箱で生んだよ。マダムに取り上げられれば、立派なサーカス人間になるからね」

地球が張り裂けるかと思えるほどの絶叫が響きわたった数秒後、頼りない産声が聞こえたのは、その日の夜更けのことだ。

「男の子だよ！」

マダムが、まるで僕とトロがそこに詰めかけているのを知っていたかのように、箱の扉を開けて教えてくれる。

「ロ、ローズは無事か？」

トロが頼りない声を出すと、

「トロ」

箱の奥から、ローズの声がした。

「お入り」

マダムが言って、トロを中に招く。トロとマダムは、実の親子だ。ということは、マダムにとっては、孫が誕生したということになる。僕も中に入っていいのかわからなかったので扉の前で突っ立っていたら、ローズが手招きして、僕のことも中に入れてくれた。

ローズの胸元で、生まれたばかりの小さな赤ちゃんが泣いている。ひっくひっくと、まるでしゃっくりを繰り返しているような泣き方だ。

「ほら」

マダムが指図すると、トロはローズの横に寝そべって、Tシャツをまくり上げた。そのお腹の上に、マダムが赤ちゃんを移動させる。ローズの足の間から太いホースのようなものが伸びて、赤ちゃんのおへそにつながっている。赤ちゃんは、トロとローズ、ふたりの筏の上に乗っているみたいだ。

「この子は、立派なサーカス人間になる」

マダムが、たらいのお湯で手をすすぎながら、満足そうに微笑んでいる。

「トロにそっくりね」

ローズが言うと、

「目元はローズに似ているよ」

トロがささやく。

トロは赤ちゃんをお腹にのせたまま、ローズの顔に手を伸ばし、彼女の髪の毛をかき分けた。

僕は、静かに箱の外に出た。

赤ちゃんの誕生を祝福するように、満天の星が広がっている。

10

海沿いの町での、新しい生活がスタートした。

曇りがちだった番外地の空と違い、ここには連日、果てしのない青空が広がっている。サーカステントを設営するのは廃校となった中学校のグラウンドで、海までは歩いて五分くらいだ。高台にあるので、時々、ここからでもちらっと海を見ることができる。

子ども達は、新しい学校に通い始めた。僕も、本当なら中学生だから義務教育が終わるまでは学校に行かなくちゃいけないんだけど、歩いて通える範囲のところに中学校がないせいで、今のところはまだ学校に行っていない。その代わり、大人の人にそれぞれの得意分野を教わっている。

旅先なので、大人も子どもも、番外地にいた頃より時間に余裕があるのだ。冬の寒さがいち段落し、気温が高くなったというのもあるかもしれない。なんとなく、体がふわふわとして軽やかだ。

だけど正直なところ、学校の先生みたいに勉強を教えることのできる大人はなかなかいないようだ。その中でキャビアだけは、別だ。誰にも解けないような意味不明の数式でも、すらすらとものの見事に解いてしまう。

キャビアは、レインボーサーカスの団員の中で、かなり異色な存在感を放っている。団長やテキーラなど肉体派が多い中、キャビアには、見たところ少しも筋肉がない。まるで、肉という肉を丁寧に骨からナイフで削ぎ落したような体型で、キャビアの体だったら、コックがどんなに手を尽くしても、いいダシは絶対に取れないだろう。

常に、細身にぴったりと寄り添う上下揃いのスーツを着て、頭にはシルクハットを被っている。いつも胸ポケットに一輪の赤いバラの花をさし、左右に細長く「八」の字に伸ばした髭はなんとも個性的で、マメ科植物のツルのように先端がくるるんと丸まっている。陰でインテリと呼ばれていることなどどこ吹く風で、いつも飄々とし、決して手でつかめないぬめぬめとしたドジョウのような存在だ。

僕も、その個性的な風貌に圧倒されて、今まではずっと遠くから見るだけだった。でも、数学のドリルを解いてもらったことで距離が縮まり、実際に接してみると、優しくて気さくな、面白い人だとわかった。それから少しずつ、勉強以外の話もするようになった。

「君、サーカスに興味を持っているんだってね」

代々使い込まれてぼろぼろになった数学の教科書をぱたんと閉じながら、唐突にキャビアは言った。

「何の技をやりたいんだい？」

「えーっと」

僕は口ごもった。本当はその瞬間、ぽんと打ち上げ花火のように脳裏に思い浮かんだ技があった。でも、なんとなく言いそびれた。

するとキャビアがおもむろに、しーっと言って僕の唇の前に人差指を突き立てた。

「今のその気持ちを、忘れずにいることだね」

そして、こう続けたのだった。

「すべてのサーカス技の基本は、ジャグリングだからさ。大事なのは、バランス感覚と、広い視野だよ」

それから、ポケットに手を突っ込んで、色違いの三つのボールを取り出した。

「はい、これを君に進呈しよう。まずは、常に肌身離さず持ち歩いて、ボールと仲良くなることだね。ボールの気持ちがわかるようになったら、少しずつ、高く上げる練習をするのさ」

キャビアの口から飛び出す言葉は、僕にはまるで謎解きのようで意味不明だった。それでも僕は、何の変哲もない色違いの三つのボールを受け取った。仲良くなれるのかどうかは自信がなかった。けれど、すべてのサーカス技の基本だと言われたら、信じるしかない。

僕は三つのボールを一個と二個に分け、左右のズボンのポケットに仕舞い込んだ。そして暇があれば、ポケットの中に手を入れて、ボールに触り続けた。

「キャビアらしいな」

このことをコックに話したら、コックは僕の手から三つのボールを受け取って、その場で上空に放り投げ、ジャグリングを始めた。

「すごいすごい！　コックもジャグリングが出来るんだ」

厨房の天井付近まで上昇してまた降りてくる赤、青、白、三つのボールを見つめたまま、僕は拍手を繰り返した。

「なーに、これしき、ここにいる連中は、誰だってできるさ」

実際に僕は、誰も見ていないところで、何度も何度も挑戦してみたのだ。けれど、三つのボールが美しい放物線を描きながら回り続けるなんていうのは、夢のまた夢という状況だった。

一個を放り投げるのだって精いっぱいで、同時に三つを操るなんて、とんでもない。こうしてコックがやる姿を間近で見ていたって、何がどう動いているのか、さっぱりわからない。見ていると、ただただ気が遠くなってくる。

「ほれ、こんなこともできるぞ」

コックはそう言うと、三つのボールが空中にある間にその場でくるりと回転した。そして見事、三つを手のひらでキャッチする。

「ブラボー！　本当にすごいよ。もっと前からやり方を教えてもらえばよかった」

すっかり興奮して手を叩きながら、僕は叫んだ。沸き立つように熱い血が、体中を一気に駆け廻っている。

「いや、それはちょっと違うんじゃないかな」

コックは真剣な顔をして反論した。

「やっぱり、キャビアのジャグリングは別格だよ。俺のは素人芸だけど、あっちは正真正銘のプロだ。いとも簡単そうに生卵のジャグリングをやっているがな、あれは至難の業さ。全く同じ卵なんて、ひとつもない。全部、形や重さが微妙に違う。だからキャビアは、そういう違いをすべて体に記憶しているんだ。あんなにアーティスティックなジャグリングをする男を、俺はいまだかつて見たことがない」

コックがそう断言した時、目の前の鍋のふたがささやかな音を立てて持ち上がった。

「おっとっと、いかんいかん、ジャグリングに夢中になって、ミソシルのことを忘れそうになっていた」

「ミソシル？」

コックが鍋のふたを開けると、独特な癖のある香りがふわりと流れてくる。

「海でとってきたムール貝で、ミソシルを作ったのさ。東洋の外れにある、ちっぽけな島国に、昔から伝わる伝統食だ。母乳の出を良くするっていうからな、少年、これをローズのところまで持ってってやってくれよ。ミソシルは、煮えばなが一番うまいって話だから」

コックはそう言うと、大きなカフェオレボウルに熱々のミソシルをたっぷりよそって、僕に手渡す。

厨房の外に出ると、学校から帰ってきた子ども達が、サーカスの技の練習に励んでいた。中には、まだおむつの取れないよちよち歩きの男の子が、一緒になってトランポリンの上で跳ねている。

ローズの箱に行くと、彼女はまさに授乳の最中だった。

「あ、ごめんっ！」

僕は慌てて体の向きを変えた。そのせいで、せっかくのミソシルが少し床にこぼれてしまう。

「いいのいいの、気にしないで。せっかく来てくれたんだから」

ローズは、出産前より更にゆるやかな口調で言う。

「この子、もうすぐおっぱい飲み終わるはずだから。そしたら、お茶でも淹れるわね。少年、遠慮せずそこに座って待っててよ」

箱の中には、生臭いような懐かしいようなミルクの匂いが漂っていた。僕は、持ってきたミソシルをキッチンの台の上に静かに置いた。まだ、かすかに湯気を放っている。この箱の中だけは空気の質が違うというか、外の空気よりも甘くて粘っこいような感じがする。

「ミソシルを作ってくれたのね」

言われた通り僕が隣のベッドの縁に浅く腰かけると、ローズが僕をじっと見る。その瞬間、僕は本当にどこをどう見ていいのやら、視線のやり場に困った。さっきからパン生地のような肌の赤ん坊が頼りない音を立てて吸いついているのは、紛れもなくローズの胸元だ。

なるべく窓の向こうに目をやって、気を紛らわせていた。すると、

「少年」

いきなりローズから呼びかけられた。

「最近は、どうなの？　巡業先での生活は、楽しい？」

ローズはまるで、学校の先生みたいな口調で聞いた。

「楽しいです」

僕は手みじかに答えた。それでも脳裏には、さっき目にしたローズの乳房の残像が、行ったり来たりして僕を悩ます。

「どこがどう楽しいのか、具体的に述べてごらん」

僕の心の内側の動揺などつゆ知らず、ローズは尚も先生口調で質問する。だから僕も、敬語を使って答えてしまう。

「今、少しずつ、技の練習を始めています。練習って言ってもまだまだで、ただジャグリングのボールに触っているだけなんですけど」

赤ん坊はローズの乳首から唇をはなし、胸元でとろんとした表情を浮かべている。まだ、見るからにふにゃふにゃとした、捉えどころのない物体だ。

「すごいじゃない」

ローズは、赤ん坊の背中をとんとんと軽くたたいて、ゲップをうながした。

「大きな進歩よ。ここに来た時は、サーカスに入れるかどうかもわからなかったんだから」

確かに、ローズの言う通りだ。

「でも、なかなか難しくて。僕より幼い子達が難なく宙返りをしていたりするのを見ると、なんだか自分がみじめに思えちゃってさ」

つい、本音をもらした。今は、みんなの迷惑になったり邪魔をしたりしないようにするのが精いっぱいで、自分がサーカスのステージに立って演技をするなんて、夢のまた夢という気分になる。すると、

「そんなの、一朝一夕にできちゃったら、たまらないわよ」

胸元のボタンをかけながら、ローズが強い口調で言った。

「だってここの子達は、特別なのよ。サーカスの中で誕生しているんだもの。昔は、学校にも通わないで、親から技を習ったんだって」

ローズはそこまで言うと、僕に赤ん坊を預け、お茶の仕度を始めた。

赤ん坊は、想像していたよりもずっしりと重たかった。僕の腕に移されると、急に表情を崩してぐずり始める。

「そんなに不安そうな顔をしなくても、大丈夫よ。しっかり抱っこしてあげれば、ちゃんと寝るから」

「ねぇ、この子の名前はなんていうの？」

僕は、ローズの後姿に話しかけた。以前よりも、おしりが大きくなったかもしれない。

「秘密。本当の名前は、本人と、名付け親である母親以外は、知らないの」

「えっ、じゃあトロも、父親なのにこの子の名前を知らないの？」

「まぁ、そういうことになるわね」

特に何を気にするふうでもなく、ローズがさらりと言う。

「大事なことは、めったに他人に漏らさないのよ。それが、ここの人達のやり方。私も、この子を産んでから、この考え方が、理解できるようになったみたい。名前なんて、どうだっていいんだもの」

ずっと体を揺すっていたら、だんだん赤ん坊が泣きやんできた。そうか、だからここではみんな、食べ物のニックネームで呼び合っているのか。

「はい、おいしいローズティーをどうぞ」

僕のそばにカップを置くと、ローズは僕の腕から赤ん坊を取り上げ、自分の胸に移した。

ローズの胸に戻されると、赤ん坊はすぐに眠り始める。まるで、催眠術のようだった。

ローズティーを飲みながら、ローズと少しだけジャグリングについて話した。ローズが、国立のサーカス学校で習った練習方法を、僕にもわかりやすく教えてくれる。

「まずは、イメージトレーニングをするの。ボールも何も持たないで、頭の中だけでボールを動かす。次に、一個だけボールを持ったと仮定して、手の動きだけを実際にやってみる。そのイメージが完璧につかめたら、本物のボールを一個だけ使ってやる。それが難なくできるようになったら、ボールを二個に増やして、同じようにまずはイメージトレーニングから始める。この繰り返しよ」

ローズは、言った。

「ボールを同じ高さに放つことが大事なのね。だから最初は、キャッチすることなんて、考えないで。なぁに、三日も練習すれば、誰だってできるようになるって」

ローズは簡単にそんなことを言うけど、僕はもうすでに三日以上練習している。それでも、いっこうに上達しないのだ。でも、もう一度最初から、ローズの教えてくれた練習方法で試してみようと思った。もしかすると、今度こそ、うまくいくかもしれない。

みんなで海に行ったのは、それから数日後のおやつの時間だった。

テントの設営は、無事に終わっている。これからは夏になるので、基本的に天幕は取り付けない。ただ、全くの骨組だけになると、外から丸見えになってしまう。お客がわざわざ入場料を払ってまで中に入らなくなる恐れがあるので、円形の周囲だけはぐるっと側幕で囲んで目隠しにする。雨が降りそうな時だけ、臨時で屋根を取り付けるのだそうだ。だから今は、ドーム型の骨組が剝き出しになっている。

細い坂道をずんずん下の方に向かって歩いていると、少しずつ海が見えてきた。もっと青い色をしているかと思ったら、案外沈んだ暗い色をしている。でも太陽が当たると、みるみる鮮やかな色に変化した。グランマはよく、海は恐ろしい怪物だと言っていた。でも、目の前に広がっている海は、少しもそんなふうに見えない。まるで、巨大なグランドピアノのようで、表面は、手のひらで何度も撫でつけたようにおっとりと静まり返っている。

砂浜に到着すると、子ども達は、自然発生的に駆けっこを始めた。僕も中に混じって、精いっぱい走った。靴の中に砂が入ると走りづらいので、裸足になる。砂の表面は熱かったけど、中の方はひんやりとして気持ちよかった。何人か、大人の人達も混じって本格的な競走になっている。

　そのうちそれにも飽きて、それぞれが勝手気ままに遊び始めた。砂の上で何度も宙返りをする女の子もいれば、服を着たまま海に入って泳いでいる大人もいる。アウトレットオーケストラのメンバーは、木陰になっている一角で、曲の練習を始めた。

　番外地で弾いていたのとは、また印象の違う曲だ。リズムが激しくて、なんていうか、開放的になるメロディだ。聞いているだけで気分が高揚し、勝手に服を脱ぎたくなってくる。現に、素っ裸になって踊っている男の子もいる。

　最近になって知ったのだが、アウトレットオーケストラのメンバーは、全員目が見えないそうだ。僕はそんなこと、全然気づかなかった。特殊な施設に隔離されていたところを、団長が保証人となってレインボーサーカスに呼んだのだそうだ。だから、アウトレットオーケストラの奏でる音楽は、どんなに明るく楽天的でも、なんとなく聞いていると物悲しい気持ちになるのかもしれない。

　さっそくマダムが、アウトレットオーケストラのセンターに立ち、振りをつけて歌い始めた。それに合わせて、一緒に踊っている人達もいる。ローズも、赤ん坊に乳首をくわえさせたまま、片手だけ上げて腰を動かしている。

僕は、ポケットから三つのボールを取り出した。実は、これまでの間、厨房でコックと調理をしている時も、トイレ掃除をしている時も、イメージトレーニングを続けてきた。歩きながら、透明な見えないボールを操る動作をしていて、うっかりロバの糞を踏んでしまったこともある。一度など、夢の中でまでジャグリングをやっていた。実際に手にするボールも、一個、二個と順調に数が増え、二個ならば、もうかなり長い時間、途切れることなく続けることができるようになった。でも、三個でやろうとすると急に難度が上がり、とたんに体が動かなくなってしまう。三個のボールを使ったジャグリングは、まだ一回も成功していなかった。

アウトレットオーケストラの生演奏を聞いていたら、体が勝手に動き始めたのだ。右手に二個、左手に一個のボールを持ち、まずは右の手の先から、最初の一個を、ポーンと高く青空の中心へと放り投げる。それから、左を投げる。ボールを左手で受けたら、右と連続してボールを放つ。今度は、左手に二個、右手に一個、キャッチすることになる。そして更に、左、右、左の順で空中に放つ。これを、途切れない動作で続けられれば、ジャグリングになる。

左、右、左。右、左、右。奇跡的に、なんとか落とさずにキャッチできた。今までだと、この段階で必ず落っことしていたのだ。でもまだ続いている。今度は、右、左、

右、左、と四回連続で投げてみる。自分でも驚いたことに、ここもクリアできた。

どうしたのだろう。勝手に体が動き出す。けれど、手だけでなく、足も勝手に前へ前へと動いてしまう。

僕は、砂の上をよたよたしながらあっちこっちと動き回った。どんなに無様なジャグリングでも、まだ手の動きは止まっていない。本当に、どうしてしまったのだろう。逆に、どうやったら止められるのか、わからなくなってしまう。

三つのボールの運動の中に、自分もすっかり取り込まれてしまったみたいだ。そこには、太陽を中心にして回る、惑星の営みのような動きができていた。決してその流れから踏み外せない。

気がつくと、僕の周りに小さな人垣ができている。その時、キャビアと目が合った。その瞬間、僕の連続ジャグリング記録が頓挫（とんざ）した。

行き場をなくした三つのボールが、手のひらからこぼれ、ため息をつくようにして情けなく転がっていく。連続記録が中断した悔しさより、そこまで記録を築けた達成感の方がはるかに大きく、心地よい疲れが体のふしぶしにまで染（し）み渡っていた。

「よそ見をしては、ダメだよ。どんなことがあっても、ボールの軌跡の頂点付近をただぼんやりと見つめ続けるんだ」

一番遠くまで飛んで行ってしまった青のボールを拾い上げながら、キャビアがアドバイスをくれた。驚いたことに、砂浜でも、キャビアはきちんと黒のエナメル靴をはいている。

「投げたボールの軌跡は、絶対に目で追っちゃいけないんだ。宙の一点だけ見つめていれば、ボールは自然と手の中に戻ってくる。ボールは体の中心線から、なるべく外に向けて投げるんだ。それを反対の手を伸ばして外側でキャッチする」

キャビアは冷静にアドバイスを続けたけれど、僕はまだ胸の動悸が収まらない。かすかに、体全体がふるえている。もしかしたらこれが、「感動」というものの正体かもしれない。

「でも、だんだん体が前のめりになっちゃって」

きっと、自分でも気がつかないうちに、かなりの広範囲をぐちゃぐちゃに移動していたのだろう。僕のものと思われる足跡が、砂の上に点々と不規則な動きで連なっている。そのせいで、砂浜が荒波のように乱れているのだ。

「君の場合、放ったボールの軌道が前方にずれていくからそうなるんだよ。一歩動いてしまうと、どんどん加速度がついてしまう。そういう場合は、同じ場所にとどまるようぐっと踏ん張るか、もしくは地面に座って練習するという方法もあるね。なぜなら、ステージの広さは直径十三メートルと決まっているからさ。本番では、動ける範囲に限りがある」

見渡すと、砂浜のいたるところで、それぞれが思い思いにジャグリングを始めている。自分がかぶっていた帽子を、肩や指、膝などに移動させながら自由自在に操る人、子ども用のサンダルをいくつもいくつも放り投げて回す人、サッカーボールを頭にのせたまま静止する人、見ていると、人それぞれ、いろんなジャグリングの形がある。

キャビアも、僕の持っていた三色のボールの他に更に数を増やして、見事なパフォーマンスを披露した。ボールはまるで意思を持った生き物のように、キャビアの手のひらからぴょんぴょん飛び出し、正確な位置に戻ってくる。手品としか思えない。

確かにキャビアは空中のある一点を見つめたまま、顔を固定して手だけを動かしている。左右の足の位置だって、少しもぶれない。まるで、透明な細い糸でボールが上空から操られているみたいだ。カラフルなボールがすばやく空中を行き交うと、そこに小さな虹(にじ)が現れた。

アウトレットオーケストラの演奏も、マダムの歌声も、みんなのダンスやジャグリングも、最高潮に達している。とにかく、ここの人達は、本当によく歌をうたう。グランマが何かにつけて祈りの仕草をしていたみたいに、サーカスの人達にとって、歌や踊りが祈りそのものなのかもしれない。
前夜祭のようなその時間は、陽が沈んで夜になるまで続いたのだった。

11

新天地での公演第一夜は、大盛況のうちに終了した。マダムが作ったリングリングドーナツも、飛ぶように売れた。ところが、またしても予期せぬ事態が発生した。サーカスの誘致に積極的に動いてくれた町長さんが、不慮の事故に遭い危篤状態になってしまったというのだ。近隣の村民達にまで慕われていた町長さんだけに、この辺の人達がいっせいに娯楽を自粛し、サーカスどころではなくなってしまった。サーカスを開催したところで、お客はひとりも来ないだろう。それで翌日の日曜日は、あっけなく休演となった。

「せっかくのいいスタートだっただけに、残念だな」

コックも、がっくりと肩を落としている。僕は、浜辺で摘み取ってきた野草の汚れを、水の中で丁寧に落としていた。

「だが、生きる死ぬに関しては、どうにもならん」

どこか、投げやりな口調でコックがつぶやく。

開け放った窓から、心地のいいそよ風が流れ込んでくる。ようやくこれが、磯の香りなのだとわかるようになってきた。

「来週の公演は、どうするのかな？」

「町長さんが奇跡的に回復しない限り、客足はこっちに向かないだろう」

そう言いつつも、コックは熱心に魚の内臓をかき出している。

結局、これもまた最終的には団長の独断で、公演を切り上げ、場所を移ることが決定した。結果として、海辺の町での公演は、一回きりで終了したことになる。

その後、新天地を転々と移動することとなった。これが、レインボーサーカスにおける巡業のやり方だ。以前行ってみて反応がよかった場所には、また名前を変えて乗りこんでいく。レインボーサーカスは束の間、虹色雑技団になり、あじさいサーカスになり、臨機応変に七変化した。それも含めての、レインボーサーカスだった。

五か所目となる移動先で、骨組の設営をしていた時だ。

敷地に、見慣れない少女が現れた。僕は、お客のひとりが間違って、まだ開場前なのに入ってしまったのかと思った。けれど、違った。彼女は、キャビアの一人娘で、みんなからマカロンと呼ばれていた。

恋というものがどういう現象をもたらすのか、僕はマカロンに出会ってからすぐにわかった。もう、どうしようもない。胸の動悸が収まらない。息が苦しい。何もかもが上の空になる。正真正銘、僕の一目惚れだった。以前も、少し似たような気持ちを経験したことがあった。レインボーサーカスのチラシを手にした時だ。

僕は、まだ見ぬレインボーサーカスに、淡い恋心のような感情を抱いた。あの時おじさんは勘違いして、僕が恋煩いをしているんじゃないかと指摘した。でも、今ならはっきりと断言できる。あれは、やっぱり恋ではなかった。

でも今僕が胸に抱えて持て余しているこの感情は、まぎれもなく恋だ。恋以外にありえない。ただ、記念すべき僕の初恋なのに、少しもうれしくはなかった。まるで妖精のようなマカロンは、はてしなく遠い存在だった。手を伸ばしても背伸びをしても決して届かない、別世界に暮らす女の子だった。

なんとか平静を装ってコックから聞き出した情報によると、マカロンは、ここから汽車で一時間ほどのところにある地方都市の、私立学校に通っているらしい。僕と同じ十三歳、中学一年生とのことだった。ふだんは寮で寄宿生活を送り、長い休みの時だけ、両親のいるこのサーカスに合流するのだという。

「唯一(ゆいいつ)、ファミリーの中でサーカスに所属していないのが彼女だよ」

コックのその言い方には、少し非難めいた色がにじんでいた。

「どうして？」

単純に疑問に思って、僕はたずねる。でも、コックの返事は、なかなか要領を得ない。

「それを一言で説明するのは、かなり難しい。彼女は、あまりに悲惨な現場を見てしまったから」

コックは表情をくもらせた。手にしたナイフで、器用にキュウリを刻んでいる。今夜は、キュウリを使ったホットサラダを作るらしい。温かいキュウリなんて、僕には想像もつかないけど。

「やっぱり、すべてはあの夜につながるってことだろうか」

僕の方はもうすっかりその話題から離れていたのに、コックはなおもあれこれ考えていたようだ。またしても、「満月の夜の大事件」に行き着く。一体、満月の夜に何が起こったというのだろう。その言葉を口にする時のコックは、いつになく慎重な表情になるし、大事件というくらいだから、あまりいい過去でないことだけは確かだと思うけど。

満月の夜には気をつけろ。

本番が始まる前、舞台の裏でみんなが輪になって円陣を組む時、誰かが囁く。そんな時は必ず、空を見上げると、コップで型抜きしたような、完璧な円形の月が浮かんでいる。

僕は日に日に、満月の夜に何が起こったのかを、知りたくなった。そのことがわかれば、もっとマカロンに近づけるかもしれない。でも、一番身近にいるコックは、きっと言葉を濁してあまり多くを語らない気がする。団長もダメだ。はぐらかされるに決まっている。キャビアとは、少しずつ世間話ができるようになってきたけど、なんだかその事件の当事者のようで、直接聞くのははばかられた。テンペ様なら、レインボーサーカスに半世紀以上も在籍しているのだし、何もかも知っているだろう。だけど、あいにく今は、山奥の秘境へと修行のために出かけてしまった。テンペ様だけは例外的に、巡業中の別行動を許されている。だからテンペ様の天空椅子の演技は、番外地のホームでしか見ることができない。

トロにも、もしかしたらこのことは聞いちゃいけないのかもしれない。それで、最後に残ったのは、やっぱりというべきか、ローズだ。ローズならきっと何か知っているし、僕がたずねれば、嘘をつかずに教えてくれるんじゃないかと思った。

サーカスの暮らしで、一番みんながのんびりしているのは水曜日だ。週末の公演から時間が経って疲れが取れているし、次の公演までも数日ある。よって僕は、七月半ばのある蒸し暑い水曜日の午後、ローズの箱をたずねた。

ラッキーなことに、赤ん坊は昼寝中だった。ローズも胸をはだけていないから、僕の気が散る恐れもない。窓ガラスを磨きながらの方が聞きやすいかもしれないと思い、乾いた雑巾を持参した。準備万端だった。

「ハロー」

ローズは、いつもの明るい表情で僕を出迎えた。暑さで夏痩せしたのだろうか。以前より、顎のラインが鋭くなっている。

「少し痩せた？」

「赤ちゃんにおっぱいあげてるから、食べても食べても吸い取られちゃうのよ」

僕なりに持ち上げたつもりなのに、ローズにはそれほど効き目がなかったらしい。

「ところで、折り入って教えてほしいことがあるんだけど」

僕は、言葉を慎重に選んで切り出した。実は急に、のんびりもしていられない事情が発生したのだ。地元の有力者のひとりが、子ども達にサーカスを見せてくれたお礼にと、生きた羊を丸々一頭、レインボーサーカスに寄付してくれたのだ。それをあとで、コックと一緒に解体することになっていた。

「何が知りたいの？　サーカスに関すること？」

ローズは僕に、冷たくしたローズティーをコップに入れて運んでくる。

「えーっと、その……、ま、満月の夜の、だ、大事件のことなんだけどさ」

しどろもどろになりながらも、なんとか喉(のど)の奥からかすかな声をしぼり出した。すでに僕の心臓は、全力疾走したあとのように早まっている。満月とマカロンが、僕にとっては陸続きになっていた。

するとローズが、もっともらしく腕組みをした。

「少年が、そろそろ聞きに来るんじゃないかと思ってたよ」

僕はじっとしていられなくなり、その場で体の向きを変え、勝手に窓ガラスを磨き始めた。

「そうねぇ、何から話したらいいんだろ？」

ローズがもごもごとひとり言をつぶやいている。窓ガラスは、内側より外側からの汚れの方がひどいので、いくら中から磨いても、それほどきれいにはならない。でも、途中で止めるわけにもいかず、僕は必死なふりをして磨き続ける。

「このサーカスには、昔、もっともっとたくさんの動物がいたの。もちろん私も、その頃はまだここにいなかったから、すべてトロから教えてもらった話だけど」

　ローズは、自分でも冷たいローズティーを飲みながら、ゆっくりと話している。毛糸で赤ちゃんの帽子でも編んでいるような、おっとりとした口ぶりだ。僕はじっと、ローズの言葉に耳を澄ます。

「ライオンや、キリン、オランウータンやオットセイなんかも、いたんですって。あと、そうそう、熊（くま）と、それから象も。団長は、世界でも指折りの猛獣使いだったらしいの。うちの両親も名前だけは知っていたくらいだから、相当だったんじゃないかしら。鳥もたくさんいたらしいわ、鸚鵡（おうむ）に鳩（はと）、もちろんペンギンも。

　鳥を束ねていたのは、クスクスって呼ばれてた、団長と二代目マダムのお嬢さんだったんですって。つまり、トロにとっては、母親違いのお姉さんね。この子にとっては、おばさんになるのかな」

　そこでローズは一旦話を切り、赤ん坊の額にかかった髪の毛をなでつけた。赤ん坊は、この間よりも一回り大きくなっている。

「クスクスは、団長譲りの、とても優秀な鳥使いだったんだって。小さな頃から鳥と言葉が交わせたって。猛獣使いにしろ鳥使いにしろ、当然だけど訓練すれば誰にでもできるっていう簡単な話ではないの。そこには、生まれた時からその人だけに備わっている特殊な才能みたいなのが、どうしても必要なのよ。クスクスには、それがあった。

でも、実際にクスクスがステージに立ってデビューしたのは、わりと遅かったみたいね。十九とか二十歳とか、そんな感じ。その年に成長するまで、団長がステージには立たせなかったらしいわ。それくらい、団長にとっては、宝物っていうか、秘蔵っ子のような存在だったんでしょうね。

ただ、一たびデビューしたら、クスクスはサーカス界に旋風を巻き起こしたわ。クスクスのステージを見るために、観客がわざわざ外国からも詰めかけたって。まるで、夢の中にいるみたいに、幻想的なステージだったようね」

そこまで言うと、赤ん坊がぐずり始めた。ローズが手を伸ばし、両手で抱き上げる。

「そうだ、テリーヌのことも話さなくちゃね」

ローズは、高くかかげた赤ん坊に、目を寄せたり唇を突き出したり、変な顔を見せて笑わそうと試みている。

「テリーヌはね、クスクスと無二の親友だったのよ。それで、クスクスに誘われる形で、このサーカスに入団したの。いや、違うのか。クスクスがキャビアを紹介したら、ふたりが付き合うようになって、結ばれて、それで結婚を機にサーカス団員になったのかな」

ローズは、頭の中の記憶を整理して、正しい情報を引き出そうと努めている様子だった。でも、僕にはいまいちよくわからない。

「そもそもテリーヌって誰のこと？」

僕は、ローズの言葉をさえぎって質問した。

「キャビアの奥さんよ、知らない？　いつも頭からスカーフをかぶっている女の人」

「あぁ」

その人のことなら知っている。でも、キャビアの奥さんだというのは初耳だ。それに……、僕は頭の中で家系図を作って整理する。

「ってことは、マ、マカロンのお母さんってこと？」

僕は、ドキドキしながらマカロンの名前を口に出した。勘のいいローズに何かばれるんじゃないかとヤキモキする。もちろん、僕がマカロンに気持ちを寄せていることは、僕以外、誰も知らない。

「そういうことになるわね。なかなか飲み込みが早いじゃないの、少年」

「でもどうしてあの人、いっつもスカーフをかぶっているの？」

「しーっ」

ローズは口元に自分の指を突き立てた。

「そう焦らないで。それを今から話してあげるから」

ローズがもったいぶるようにして話をじらす。

僕は、すっかり窓ガラスを磨く手が止まっていたことに気付き、慌てて作業を再開した。マカロンのことを、もっと知りたい。どんな小さなことでもいいから、知りたかった。

「猛獣ショーに大切なことは、均衡を保つことなの。これは、サーカス学校の授業で教わったわ。今はいろんな観点からサーカスに動物を使わないのが主流になっていて、私が学生だった頃もその流れができていたから実際の猛獣を使った実習はなかったの。だから、私もあんまり自信はないんだけど……。

とにかく、バランスが大事なんですって。バランスというのは、人間と猛獣の主従関係ではなくて、猛獣同士の横の繋がり。上下関係みたいなもの。このバランスを上手にとるのが、優れた猛獣使いだって言われている。その点において、団長は天才だったみたい。どんな凶暴な猛獣でも、その心を読むことができたんですって。

でも、その時に何が起きたのかは、いまだにわからないわ。ただ、動物同士のその微妙な力関係が、ほんの一瞬、かすかに乱れたらしいの。

最初に暴れ出したのは、ライオンだった。ショーの最中に、いきなりメスのライオンが、オスに襲いかかったの。団長はムチを振るって、なんとかそれをしずめようとした。でも、逆に均衡が乱れてしまって、おとなしくしていた他のライオンまでが、勝手に動き出してしまったのよ。

団長はお手上げ状態。それで、次の出番を待っていたクスクスが、ステージに飛び出してきちゃったの。鳥が専門だったけど、生まれた時から一緒にいる動物達よ、心が通じ合っていると信じていたんでしょうね。でも、オスのライオンからのほんの一撃で、クスクスはその場に倒れた。頭から、血を流して。

それをテリーヌが舞台裏で見ていて、思わず駆け出して、親友であるクスクスを両腕に抱えたの。テリーヌはクスクスの頭にできた傷口に、必死で手のひらを当てた。でも、血は止まらなかった。テリーヌにはその時、ぐったりとしたクスクスの姿しか見えていなかったのね。ステージでのライオン達の騒ぎに触発されて、テントの裏で順番待ちをしていた象が勝手に歩き始めていたの。そして、クスクスを介抱していたテリーヌを、蹴っ飛ばしてしまったんですって。

テリーヌは、幸いにも命だけは助かった。でも、頭蓋骨が砕けて、顔がぐしゃぐしゃになってしまったのよ。テリーヌは、ものすごい美人で有名だった。でも、その事故の後は、面影がみじんもなくなってしまったみたい。五回か六回手術をして、完全に他人の顔の皮膚を移植したんですって。でも、いくら手術を重ねても、決して元の顔には戻らなかったわ……」

そこでローズはいったん言葉を切った。赤ん坊は、すっかり寝入っている。赤ん坊なのに、僕よりも立派なまつ毛が生えていた。せっかくの安穏とした眠りを壊さないよう慎重にベッドに預けると、ローズは僕の方を見た。

「そんなことがあって、団長は現役を退いたの。自分の娘を死なせた責任を、自分でかぶったのかもしれない。クスクスはその時、まだ二十一歳の若さだったんですって」

つまり、クスクスはもうこの世にいないのか。

「動物達は？　どうなったの？　射殺されたとか？」

僕は急に不安になった。きっとライオンだって、クスクスを襲いたくて襲ったのではないだろうし、象だって、テリーヌを蹴りたくて蹴ったのではなかったと思う。

「通常、そんな収拾のつかない状況になったら、やっぱりお客さんもいることだし、安全を最優先にしてその場で殺してしまうのかもしれないわね。でも、団長は最後までそれをさせなかったらしいわ。ライオンや象を元の檻の中に戻すのが、結果として、団長の最後の仕事になったみたい。それはそれは、あっぱれな収束だったって。

　でも、まず始めに、クスクスのかわいがっていた鳥達の体調がおかしくなって、やがてバタバタと死んでしまい、それが他の動物にも静かに広がって、だんだん数が減っていったらしいの。元気な動物は、健康なうちに他のサーカス団や動物園に売られたみたいね。ペンギンも、かなりの数が死んでしまったらしいんだけど、あの子だけは生き残って。クスクスが面倒を見ていたし、形見だと思って残したみたい。

　ロバは生まれつき頭がゆるくて役立たずで、亀はその頃すでに痴呆を患っていたから、どちらも引き取り手が見つからなかったのよ。とにかく、動物のショーが売り物だったサーカスなのに、動物がほとんどいなくなってしまったの。でも団長が、再起をかけて、復活させたのよ。自分が舞台監督となって、サーカス自体の名前も変えて、演目の内容もがらっと変えて。それで、今に至るってわけね。

　そうそう、それでその事故のあった日が満月だったの。たまたまその日が満月だったのか、それとも満月が何らかの形でその事故に影響を及ぼしたのかは定かではないんだけど、とにかくそれからというもの、満月の夜には何かが起こるって思われるようになって、みんなが用心するようになったのね。クスクスのことを忘れない、っていう意味合いもあるのかもしれない」

「そんなことがあったんだね」

僕は窓ガラスを拭く手を止めて、つぶやいた。そして、さっきからずっと思っていたことを声に出す。

「僕が両親と見たサーカスの鳥のショー、つまりあの時のお姉さんはクスクスって人だったのか」

うまく言えないけれど、なんとなく、あの時から自分がレインボーサーカスへと導かれているような不思議な気持ちになった。僕をここまで辿り着かせてくれたのは、今は亡きクスクスかもしれない。

「そうね。私も少年からはじめてその話を聞いた時は、妊娠中で頭がぼーっとしていたせいか、すぐには結びつかなかったんだけど。あとから考えると、あ、そうか、ってわかって。

だから少年は、伝説の鳥使い、クスクスのショーに立ち会った、数少ないラッキーな目撃者なのよ」

あの優しい鳥使いのお姉さんが、あのあとすぐそんな形でこの世界から消えてしまうなんて。

「縁って不思議よね」

ローズがぽつりとつぶやく。

「本当に」

僕も同じようにぽつりとつぶやく。

「他には？　何かマカロンのことで、聞きたいことがあるんじゃなくって？」

ローズの言葉に、僕は一瞬何を言われているのか、わからなかった。でも、みるみる顔がほてってくる。

「何のことか、意味わかんねーし」

わざと、乱暴な言葉遣いで言い返した。近くにグランマがいたら、きっと怒られていたに違いない。

「だって、少年の顔にちゃーんと書いてあるもの」

ローズが茶化す。

「あ、聞きたいこと、ある」

僕は、一秒でも早く、その話題から逃れたかった。

「えっとさ、トロのことなんだけど」

今度はローズがきょとんとなった。

「トロが左足を引きずっているのは、『満月の夜の大事件』と何か関係があるの？」

遠慮がちに、僕はたずねた。なんとなく、そんな予感がしていたのだ。

「そうねぇ、あるとも言えるし、ないとも言えるんじゃないかしら？」

ローズが、磨いたばかりの小窓から夏の空を見つめる。

「ちょうど今の少年くらいの歳だったんじゃないかしら？　トロは、お小遣い稼ぎのつもりで、ある時公園に人を集めて、大道芸を披露していたらしいの。その観客の大半が、子ども達だった。すぐ目の前で演技を見られるなんて滅多にないから、子ども達は興奮して、どんどん前に集まってきたんだって。トロは、鉄棒を使って空中回転をやっていた。天才と言われたトロにとって、そんな空中回転は、お茶の子さいさいの技のはずだった。けれど突然、ひとりの子どもがトロの真似をしようと鉄棒に上り始めたの。あせったトロは、そこでバランスを崩して、アンラッキーなことに手を滑らせてしまった。

ねぇ少年、ここでひとつ、質問です。サーカス人間が一番恐れることは、なんだと思う？」

「怪我をすること？」

しばらく考えて、僕は答えた。いくら考えても、平凡な回答しかひねり出せない。

「残念ながら、不正解ね。もちろん、怪我をしたり、命を落とすことは、怖いわ。サーカスは、命がけだもの。でもね、もっともっと怖いことがあるの。それは、自分のミスで、誰かの命を奪うこと。相手を、殺してしまうことなのよ。だから、毎日毎日、必死に練習を重ねるの。それでトロは、」

「鉄棒から、自ら落下したんだね。幼い子の命を守るために」

僕は、言った。いかにも、トロらしい行動だと思った。

「そうよ、簡単に言っちゃえばそうなんだけど。でももしかしたら巡り巡って、満月の夜の大事件のささやかな前兆とも言えるのかもしれないわね。だってその日も、満月だったらしいから。

さ、私もそろそろ産休終了。早く現場復帰しなくちゃ！」

ローズが、両手を上げて伸びをする。それが、この話題の終わりを告げる合図だった。

「僕もそろそろ、コックの手伝いに行かなくちゃ！」

時計を見ると、大幅に長居をしてしまっている。

「少年、健闘を祈っているわ」

ローズが、いつものようにウィンクする。

ローズには、絶対に嘘をつけない。悔しいけど、彼女には僕のすべてがお見通しなのだ。

12

八月は、どうしてこんなにキラキラと輝くのだろう。世界は、どうしてこんなに美しいのだろう。マカロンが、僕の心に魔法をかけた。きっと、そうに違いない。

サーカステントの骨組のてっぺんに腰かけ、ぼんやりと海をながめる。

もう、高い場所も怖くない。地上に下りる時だって、滑るように動くことができる。

海を見るのは、夕暮れ時が一番だ。光がまぶたを閉じようとするほんの少し前、世界ははかなげな優しい色に縁どられる。僕の心と、同じ色に染まる。

夜更かしの観客に合わせ、開演時間も遅らせてあるから、僕は束の間、ここで淡い時間を過ごすことができるのだ。

でも時々、僕のロマンティックな時間を平気で邪魔する人がいる。

「あぁ、やっぱりダメだ。体がなまっちゃって。六人も子どもを産んだから、すっかり筋力が弱っているんだよ。体の肝心なところに闇ができたみたいで、中心線に力が入らないんだ」

声の主はトリッパだ。本当に、現場復帰するための練習を始めたらしい。下を見ると、会計を担当する婿(むこ)の頭に足をかけるような形で、ロープによじ登ろうと躍起になっている。けれど、いかにも重たそうなトリッパの体は、ある一定の高さから上には少しも持ち上がらない。僕のいるところまで辿り着くには、まだまだ練習の時間が必要そうだ。それに、ダイエットもしなくちゃいけないだろう。

こんなふうに横やりが入ったりもするけれど、基本的にこの場所は、僕だけの世界として確立しつつある。ふだんちょっかいを出してくる年下の子達も、今は海で泳ぐのに夢中になっていて、サーカスの周辺にはほとんどいない。

マカロンとは、いまだに口を利(き)いたことがなかった。もしかしたら、彼女は僕の存在自体、知らないかもしれない。でも、それでもいい。景色にマカロンが加わるだけで、僕の心は突如としてときめきを増す。もちろん、その逆も然(しか)りだけど、今は、その濃淡を思う存分に味わっていたい。

トイレ掃除、コックの助手、トロとローズの赤ん坊のお守り、その他いろいろ。僕には毎日、やることがたくさんある。そのことが、単純にうれしいと感じる。合間には、ジャグリングの練習もする。もう、操れるボールの数は五個になった。

仕事の手が空いた休憩時間、骨組のてっぺんに登ってジャグリングをするのは、何にも増して幸福だ。オレンジ色の巨大な夕陽に、いくつものボールが吸い込まれては、また僕の手のひらに戻ってくる。ボールは、投げ方さえ間違わなければ、僕の意思に従順に従って必ず約束を守ってくれる。

今、レインボーサーカスが滞在しているのは、前の場所から少しだけ北東に移動した、同じく海沿いにある大きな町だ。町の中心部には、かつてこの地をおさめた王様が住んでいたという立派なお城がそびえ、今は市立美術館として使われている。そしてその周辺を、王様の狩猟場だったという広大な森が取り囲んでいる。だから、緑が濃い分、真夏でも涼しい風が吹き抜ける。

夏休みに入ったので、公演はほぼ連日にわたって行われている。この地方屈指のリゾート地ということもあり、旅行客も地元民も、大人から子どもまでが大勢やって来る。お金持ちが多いと判断したのか、入場料も一気に五割増しだ。それでも、お客のひとりは安いと話していた。

スーパーサーカスと較べれば、確かにそうなるのだろう。ここでは、特別にボックス席も設けられ、そこも、ほとんどが事前の予約で埋まってしまう。リングリングドーナツの売れ行きも順調で、毎日、生地を仕込んでも仕込んでも、公演が終了する頃には売り切れになるほどの盛況ぶりだ。あの時コックが言っていた通り、もう誰も、レインボーサーカスでペンギンの転落死が起きたことなど、すっかり忘れてしまっている。

もともと公園の敷地内に清潔なトイレがたくさんあったので、トイレ番としての僕の仕事はほとんどない。スタッフ用の仮設トイレを掃除するくらいだ。それでも、みんながかなりきれいに使ってくれるようになったので、僕の仕事は限られている。

手があいた分、開演前の切符のもぎりを頼まれた。こんばんは、いらっしゃいませ、どうぞ楽しんでいってください。ひとりひとりに短い言葉をかけながら、お客が購入した切符の一か所を指でちぎる。そのたびに、僕はお客の顔を確かめる。

いつだったかグランマが、僕の母親は海の近くのお城のそばに暮らしていると話していたのだ。もちろん、確実な記憶ではない。なんとなく、そんなことがあったような気がするという程度だ。グランマの言葉自体、ずっと忘れていた。でもキャラバンが町に入り、箱の小窓から朽ちかけた古い城壁を見た時、ふとグランマの言葉が甦（よみがえ）ったのだ。まるで、爽（さわ）やかな夏の風に運ばれてきたみたいに。

とはいえ、僕が知っている母さんはもう十年近くも前の顔だし、写真も持っていないから、たとえこの会場に来たとしても、すぐにわかるかどうかは自信がない。それでも、切符を手にするたびに顔を上に向け、いちいちお客の顔を確かめずにはいられなかった。会ったところで、どんな話をすればいいのかもわからないけど。

もぎりの仕事が終わると、すばやく舞台裏に移動して、使い終わった小道具を受け取って片づけたりする。体が小さい分、小回りがきき、狭い隙間にも手が入り込むから、小道具係には打ってつけなのだ。使い終わった道具類は、汗やパウダーで湿ったり汚れたりしていることも多いから、それもきれいに拭いて元通りにする。

ふと触れるとフラフープやリボン、一輪車のサドルの上にまだ熱気が残っていて、僕は一瞬、自分自身がステージに立って喝采を浴びたような、奇妙な感覚にとらわれる。

それでも、ぼんやりなんかしていられない。次から次へと演目が変わるから、それに合わせて小道具を受け取り、所定の場所に戻しておく。そうすれば、次に使う時、どこに置いたかわからなくなって混乱するという面倒を省くことができる。

こんな単純なことなのに、僕が舞台裏に入るまで、道具類はあっちこっちと好き勝手なところに打っちゃられていた。そのせいで、自分のショーが始まる寸前、誰かが道具を血眼になって捜していたり、自分の置く場所をあいつが横取りしたなどという、くだらない小競り合いが後を絶たなかった。こんなことでサーカスの和が乱れては、元も子もない。

サーカスはすべてが呼吸であり、リズムである。そのことに気付いたのは、ジャグリングをするようになってからだ。ある時、すべての行為がジャグリングなのだと神様から啓示を受けたみたいに気がついた。

トイレ掃除、厨房（ちゅうぼう）の手伝い、切符のもぎり、赤ん坊のお守り。すべてが、見えない糸で繋がっている。一日という時間の中、もっとも効率のよい流れでそれらを淡々と無駄なくこなす。まるで、いくつものボールを規則正しく放り投げては、またこの手で受け取るように。必ず、美しい放物線を描くポイントというものが存在する。ひとたびその軌道に入ってしまえば、難しいことは何もない。それぞれの雑務も、ジャグリングと同じように、僕の手の中を規則正しく往来する。

ほぼ連日連夜続いてきた夏休み公演も、あと数日でお開きだ。夏は、思いのほか短かった。気がつくと、夏が背中を見せて、駆け足で、まるで逃げるように遠くへ走り去っていく。僕は、置いてきぼりをくらったみたいにぽかんとして、骨組のてっぺんに座り、膝（ひざ）をかかえて空を見上げる。

何か、とても大切なことを、まだやっていないような気持ちになる。やらなくちゃいけないいけない宿題に、手をつけていないような。でも宿題の正体が何なのか、自分でもよくわからない。

海の向こうに沈みかけた夕陽を見ていると、訳もなく泣きたくなった。

その気持ちを紛らわせるように、僕はポケットからジャグリングのボールを取り出す。一個、二個、三個、四個、順にボールを中空に放る。そうすると、僕の心も動き続ける透明な輪の中に取り込まれるので、ジャグリングをする時、僕の体に心はない。心は、ボールと共に宙をさまよっている。

僕は、すべてのことを忘れ、空っぽになる。無心になれた瞬間、ボール達はまるで自らの意思で動いているかのように、機嫌よく宙を回転し始めるのだ。

夏休み公演が終了し、いよいよ、トロとローズの結婚式がとりおこなわれることになった。盛大に催すという。ここぞとばかりに、マダムが陣頭指揮をとっている。

厨房には、次から次へと大量の食材が運び込まれた。生きたままのウサギや七面鳥、オマール海老(えび)やアワビの姿もある。厨房は、あっという間に動物園の飼育小屋のようになった。

中には、これまで一度も見たことがない、名前も聞いたことがないような生き物もいる。コックは新しい食材が届くたび、煮たり焼いたり干したりと、適切な処置をほどこした。いつもの、なんとか残り物をやりくりする厨房とは、大違いだ。

中でも、もっとも苦労したのは山羊の解体だ。この地を治めていた王様の末裔だという大富豪が、ご祝儀として生きた山羊を連れてきてくれたのだ。山羊を気絶させ、その間に胸から手を差し入れて息の根を止め、内臓を取り出し、皮をはぐ。山羊は全部で五頭もいたので、同じ作業を一日中えんえん繰り返した。

すべての山羊が、肉と内臓に分別されたのは、夜が更けてからのことだった。手には、山羊の血の臭いが染みついていた。それでも、石鹸を使ってゴシゴシと手を洗う気力すら、もう残されていない。僕は、箱に戻ってコックと折り重なるようにして、ベッドに倒れ込んだ。この時ばかりは、どんなにけたたましいコックの鼾も歯ぎしりの音も、全く気にならなかった。

翌朝、目が覚めてトイレに行くと、厨房の明かりが点けっぱなしになっていた。調理台の上にマダムが突っ伏して眠っている。その周りには、型抜きをしたドーナッツの生地が広がっていた。

マダムは、たったひとりでドーナッツの生地をこね、下ごしらえを済ませたのだ。一応、僕も手伝いに名乗りを上げた。けれど、肝心な結婚式のためのリングリングドーナッは、自分ひとりで作ると言い張ったのだ。僕は、その気持ちを尊重したかった。厨房の明かりを消し、マダムの背中に、ずり落ちていたカーディガンをきちんと羽織らせた。それから厨房を離れ、トイレに立ち寄り、再び箱に戻って二度寝した。でもまさか、その時すでにマダムの息が止まっていたなんて——。

僕は、本当に全く気がつかなかったのだ。

当然、結婚式は中止になるだろうと思った。だって、マダムが亡くなったのだ。けれど、予定通り行うという。その決定を下したのは、他でもない団長だった。

「団長が決めたことだ。俺達は、黙ってそれに従えばいい」

大きな包丁を振りかざすようにして、コックがオマール海老をぶつ切りにする。

「そうだよね、ここまで準備したんだもんね」

僕も納得し、切断されたいくつかのオマール海老を手でかき集め、鍋の中に並べていく。あまりに疲れていたせいで、うまく頭が回らなかったのかもしれない。マダムが死んでしまったことが、どうも心に伝わらない。心がまるで、すっぽりとラップに包まれているみたいだった。

騒々しく二頭の馬がサーカスの敷地に駆け込んできたのは、その日の午後遅くだった。

あまりに騒がしいので、コックとふたり、仕事の手を止めて見に行くと、中世の貴族みたいな恰好をした中年男女ふたりが、白い馬にまたがっている。その音を聞きつけ、ローズが箱から飛び出してきた。

「パパ！　ママ！」

その後を、赤ん坊を抱いたトロが足を引きずりながら追いかけて行く。どうやら、ローズの両親がふたりの結婚式に駆けつけてくれたらしい。ローズが、はち切れそうな笑顔でふたりに赤ん坊を見せている。

「よかったじゃないか」

コックのその一言が、すべてを物語っている。本当に、よかった。ローズが、あんなにも喜んでいる。

その後も続々と招待客が訪れ、敷地内には人があふれ返った。まるで、仮装大会のようだった。黒っぽい服しか持っていなかったグランマには、とうてい想像もつかないような派手ないでたちだ。

結婚式は、真夜中のちょうど十二時に開幕した。

どこからか盛大に花火が打ち上げられ、同時に次々と、シャンパンの栓が抜かれている。小さな厨房は、フル稼働だ。窓を全開にしていても、湿気がすごくてサウナ風出てどうしようもない。コックはいよいよランニングシャツすらじゃまになり、上半身裸になって調理に精を出す。僕も、首の周りにタオルを巻いた。とにかく、汗が吹き出てどうしようもない。

台車にのせてサンドウィッチを運んでいくと、ステージの一角に祭壇が設けられ、マダムの棺が置かれている。本当に、マダムは亡くなったのだ。僕はそれでもまだ半信半疑で、これだけみんなが騒いでいたら、ずいぶん賑やかにしているじゃないの、とか何とか言いながら、棺の蓋がぱかっと開き、マダムが起き上がるんじゃないかと思った。早く、結婚式の陣頭指揮を再開してほしかった。

ウサギ肉のパテ、カエルのフリッター、うなぎのかば焼き、七面鳥のコンフィ、山羊の内臓ソーセージ。

作っても作っても、すぐに誰かの胃袋に収納される。みんながアルコールを飲んでいるせいで、空気を吸っているだけで酔っ払ってしまいそうだ。一角では、アウトレットオーケストラの生演奏も始まっている。その周辺では、招待客同士がきらびやかな衣装のすそを揺らし、曲のリズムに合わせて踊っている。

サンバ、ワルツ、懐メロ、ロック。かと思えば、いきなり荘厳なレクイエムが地鳴りのように響き渡る。

人々はそれに合わせて、泣き、笑い、嘆き、喜ぶ。結婚式とお葬式が、見事に溶け合っている。喜びのサーカスと悲しみのサーカス、お互いがお互いをしっかり両手で抱きしめ合っていた。

「ファッキュー、ファッキュー、ファッキュー」

マイクを握りしめて絶叫しているのは、団長だ。マダムがとつぜんいなくなった悲しみを、嘆いているのかもしれない。ポケットに入れてある大量のお札をまき散らしながら、ろれつの回らない口で、それでも曲に合わせて歌おうとする。

団長の背中にしがみついているのは、トロだ。クラウンの演技をしているわけでもないのに、ほっぺたと鼻を真っ赤に染め、鼻水を垂らしながら泣いている。泣いているけど、笑っている。トロにとっては、母親の葬儀であり、自分の結婚式でもある。あれがきっと、正真正銘の泣き笑いかもしれない。悲しみながらも、喜んでいる。

時間が経つと、自然発生的にサーカスが始まった。

テキーラは口から何度も炎を噴き出した。この日のために急きょ秘境から駆けつけたテンペ様は、ふだんの公演とは違うもっと危なっかしいやり方で椅子を積み上げ、てっぺんに辿り着いてもなお椅子を積み重ねた。元ストリッパーだというテキーラの嫁は、片手にシャンパングラスを持ったまま、セクシーな空中ブランコを大胆に披露し、テキーラの長男は地上で何度も繰り返して宙返りを行っている。キャビアは、殻を割った生卵を形を崩さずに手のひらから肩、首の裏、背中とまるで生き物のように動かす奇妙な芸を披露し、キャビアの奥さんは頭からスカーフを被(かぶ)ったまま一輪車の上で逆立ちをする。トリッパも、未完成ではあるものの、天井から吊(つ)るされたロープに体をまきつけ浮遊する芸をお披露目した。トリッパの婿は、帳簿を小脇(こわき)に抱えたまま、妻の演技のサポートに余念がない。子ども達も、それぞれがジャグリングやトランポリンで、自分の芸を見せている。

マカロンは、優雅に踊っていた。人垣を縫うようにして、爪先(つまさき)で立ち、くるくると回転しながら、手を上下に動かしている。

コックはひっきりなしにフライパンをふり、僕はその助手を務める。ナターシャは、観客席の一番見えにくい場所にひっそりと佇(たたず)み、時々目じりにハンカチを当てて見守っている。人間ピラミッド、逆立ちフラフープ、トランポリン、まるでおもちゃ箱をひっくり返したように、みんなが技を披露する。

きっと、それぞれがそれぞれのやり方で、悲しみと喜びを同時に表わしているのかもしれない。僕は、会場に料理を運んだりするたび、何度も泣きそうになった。悲しいのにうれしい、切ないのに楽しい。白と黒が、心の中で複雑なマーブル模様になる。

でも、決して混じりあって灰色にはならない。あくまでも、白は白、黒は黒だ。相反する感情が、分かちがたく手を結び、一心同体となって僕の心を支配する。世の中に、こんな気持ちがあったなんて、知らなかった。

メイン料理である山羊の蒸し焼きを出す頃には、ほとんどの人が酔いつぶれていた。真夜中に始まった宴が、気がつくと朝になっている。もう、みんなさんざん食べておなかがいっぱいのはずなのに、それでも、香りのよい湯気を吸い込むと食欲が刺激されるのか、料理を切り分ける僕の所に、ひとり、ふたりと這うようにして集まってくる。

ある女の人なんか、ワインの瓶に直接口をつけ、ラッパ飲みをしながらふらふらと歩いてきた。赤ワインを飲んでいるのかと思ったら、白ワインのコーラ割りだった。

「宴はまだまだこれからよ！」

ワインの瓶を高く持ち上げ、彼女が叫ぶ。本当に、その言葉通りだ。

マダムが残したリングリングドーナツを全部揚げても、アウトレットオーケストラの演奏は収束するどころかますますボルテージを上げている。ステージで誰かがタップダンスを始めれば、あっという間にそれが波及し、みんながみんなタップダンスで盛り上がる。指をパチパチ鳴らしながら踊り狂っている。

突然、情熱的なフラメンコのショーが始まることもあった。タンゴにチャチャチャ、ボサノヴァ、シャンソン。聴いているだけで、どんどん血圧が上昇し、ひとりでに踊りたくなるような曲ばかりだ。

ある曲では、自分が無敵の勇者になったかのような気分に陶酔し、またある曲では、ずっと忘れてしまっていた母親との遠い記憶の断片を思い出しそうになる。

リングリングドーナツをすべて配り終え、かなり濃厚なエスプレッソコーヒーを出してからは、僕とコックも宴に加わった。誰かれ構わず手と手を取り合い、踊り明かす。その間中、どこからか、マダムのあの独特の歌声が聞こえてくるようだった。

驚いたことに、この悲しみと喜びの合同サーカスは、三日三晩、少しも休むことなく続けられたのだ。ようやく招待客が引ける頃には、あれほどたくさんの食糧でいっぱいだった厨房の箱が、すっからかんになっていた。団員達は文字通りつぶれ、地面に折り重なって眠っていた。マダムの棺はいつの間にか姿を消し、祭壇には若かりし頃の写真が白い花々に囲まれ飾られている。

「酔わなけりゃ、生きていられない時もあるのさ」

コックが、半分寝言のような曖昧(あいまい)な声で、ぽつりとつぶやく。

まぎれもなく、この三日間もっとも羽目を外していたのは団長だった。幾度となく

「ファッキュー」を絶叫し、大きな体を揺さぶるようにして踊っていた。今は、シャツからおなかをはみ出させ、ベンチの上で眠っている。

酔わなくては、生きていられない時もある。

コックの言葉を心の中で反芻する。僕も、思いっきり酔っ払ってしまいたかった。

だって、マカロンが、いつの間にかいなくなっていたのだ。

僕は心の中で彼女の名前を叫ぶ。けれど、彼女はもういない。

こうして、僕の夏は、いきなり終焉の時を迎えた。

かすかな余韻を残しながら穏やかにフェードアウトするのではなく、まるで空から

ギロチンが下りてくるように。ひゅー、がちゃん、と。

十三歳の夏が幕を閉じ、僕の心は暗転した。

13

「少年、泣きたいだけ、泣け！」

馬にまたがっているローズが、大声で叫ぶ。

「そんなんじゃないって」

強がってみせたところで、涙は止まらない。このやるせない気持ちを、どこにぶつければいいのだろう。

ローズは、両親が残して帰った一頭の白馬にまたがって、曲馬芸の練習を行っているのだ。それを僕は、骨組の上からぼんやりと眺めている。九月に入ったら、急に肌寒くなった。今も、霧のような小雨が降っている。

結局、マカロンとは本当に一言も口をきけなかった。悲しみと喜びの合同サーカスの時、一緒にダンスを踊りたかったけど、それも叶（かな）わなかった。マカロンに、自分の名前を名乗ることすらできなかったのだ。空（むな）しくて、情けなくて、みじめで、マカロンのことを考えれば考えるほど、自分に対するじれったさが込み上げてくる。

マカロンに、嫌われるのが怖かった。本当は同い年だということを打ち明けて、怯(おび)えられるのが恐ろしかった。それだったら、告白なんかしないで、ただ遠くから見ているだけの方が幸せだと思った。でも今は、そのことを悔やんでいる。

意気地なし！　臆病者(おくびょうもの)！

自分をののしる言葉をどんなにたくさん浴びせても、心の穴は埋まらない。どうせ僕なんか、どうせ僕なんか……。卑屈なため息だけが、行き場をなくしたブーメランのように、ずっと僕の脳裏を駆けめぐっている。

自分は、ずっとキグルミを着て生きているような人生なのだ。一生、チビのまま大きくなれない。人は、キグルミの中に別人格の僕が入っているとは、なかなか想像しない。ほとんどの人は、相手を見た目で判断する。だから、いつまで経(た)っても、僕は十歳の男の子から成長できない。

脱皮したい。この体から抜け出たい。

生まれて初めて、本気でそう願った。セミみたいに、この殻を破って、新しい自分として生まれ変わりたい。

それなのに、どこまでもどこまでも、この十歳の体が無我夢中で追いかけてくる。

僕は、この体より一歩も前には進めないのだ。

想像すると、高い塀に囲まれた収容所の中にいるような気持ちになった。鉄のような重苦しい現実が手足をからめとり、がんじがらめにする。

だって、僕がこのキグルミから脱出できるのは、僕自身が死んだ時なのだ。でもその時では、遅い。遅すぎる。僕は、自分の病気を心底恨んだ。みんなと同じ、ふつうの体になりたかった。

――そういうことだったのか。

僕はふと、あることに気づく。僕がナットーに魅(ひ)かれた理由。それがやっと、わかった気がする。ナットーも僕と同じだったんだ。男の人の体に、女の人の心が入っていた。それをナットーは、自力で脱出した。だから僕には、きらきらと光って見えたのだ。

「少年、しっかり見ててよ！」

涙を指でごまかしながら下を見ると、ローズが鞍(くら)の上に背中を預けて寝そべっている。上空から見たその形は、まるで十字架そのものだ。白馬とローズの息がぴったりと合い、心と心が通い合っている。秘密の言葉を囁(ささや)き合いながら、戯(たわむ)れているみたいだ。この白馬は、ローズが子どもの頃からかわいがっていたという。白馬もローズも、お互いに再会できた喜びを、体で表現している。

「ブラボー」

僕は、声の限りに叫んだ。もしかするとサーカスっていうのは、悲しみを忘れて笑っていられるようにするための、ちょっとしたかわいい魔法なのかもしれない。魔法は、あっという間に消えてしまうけど。

この地での公演はすべて終了し、晴れれば明日、骨組を解体するという。だから、ここからの風景は、今日で見おさめだ。海とも当分会えない。解体が済んで準備が整い次第、僕らはまた番外地に里帰りする。ようやく、長い長い巡業の旅が終わるのだ。

そんな時、隣町のお城に暮らす元貴族の一族から、急きょ、プライベートでのサーカス公演の依頼が舞い込んできた。こういうことは、たまにあるらしい。もともとサーカスは、王様を喜ばせるためのもの。それでこのプライベート公演が終わるまで、もう少しこの地にとどまることになった。本当に、サーカスの世界に予定なんて存在しない。予定はあくまで仮のものだ。

サーカス全体の窓口となって動いているのは、ナターシャだ。暗黙の了解のうち、団長の四番目の妻として、新マダムに就任した。これからは、あの内気で寡黙(かもく)なナターシャが、レインボーサーカスの陰の実権を握ることになる。

依頼は、サーカス好きの息子の誕生日をお祝いするために、豪華客船を借り切って盛大に船上サーカスを催したいというものだった。予算は、破格の額を提示されているという噂（うわさ）だ。けれど、細かい注文や変更が絶えず、当日の料理に関しても、ベジタリアンメニューにしてくれ、いやメインにだけは肉料理を、などと向こうの変更のたびに振り回されている。

「ほんと、はっきりさせてほしいよね」

あと数日の滞在となった海辺のリゾート地の厨房で、僕は魚のうろこを落としながら、不平を述べた。本当に、いい加減にしてほしかった。

「金も出すけど、口も出す。金持ちの典型だよ」

いつものことで慣れてはいるけど、コックの態度からあからさまな不満は伝わってこない。

「ブルジョワ相手の特別公演なんでしょう？　そんなの、レインボーサーカスには似合わない気がするな」

投げやりになって魚のうろこにナイフの背を当てていたら、誤ってナイフごと遠くに飛ばしてしまった。

「危ないじゃないかっ！」

「ごめんなさい……」

飛ぶ方向が間違っていたら、コックの脇腹にぶすっと突き刺さっていたかもしれない。コックはちらりと僕の方を見てから、諭すように続けた。

「俺達は、頼まれりゃ、何だってする。金が入らなきゃ、移動するためのガソリン代すら手に入らないだろ？」

でも僕は、ただただ相手の言いなりになるのでなく、サーカス人間としての誇りみたいなものを、もっと持ってほしかったのだ。コックは続けた。

「仕事は、あくまでも仕事なんだ。誰かに仕えてこそ、成り立つものだよ。自分も相手もどっちも楽しい仕事なんて、そうそうありゃしない。仕事っていうのは、たいてい苦しくてつまらないものさ。その中から、小さな喜びややりがいを見出すことに意味がある」

コックの言葉は、どんな時でも的を射ている。それでも僕は、あえて反論したくなった。

「でもさ、この間の悲しみと喜びの合同サーカス、あれは本当に素晴らしかったと思うけど。みんな、サーカスを心から楽しんでやっていたよ。正直、僕はふだんのショーより、ずっと面白いと思った」

「そりゃ、そうだろう」

コックが、あきれたように体を後ろに反らせて笑いをこらえている。

「金をもらってやっているわけではないからな。その分、みんな自由になれる。だけど、お金をいただくってことは、それに見合うだけ相手の喜ぶことをするってことだ。時には、不本意なことでも、相手を喜ばすためだったらやらなくちゃいけない。それが仕事なんだよ」

やりたくないこともやるのが仕事かぁ。僕は、これみよがしにため息をつく。

少し前まで、やりたくない仕事なんてひとつもなかった。でも、今はちょっと違う。トイレ掃除しかできない自分がみじめになり、厨房での雑用が、心の底から面倒臭く思えてしまう。赤ん坊のオムツ替えも、もうやりたくない。とにかく、体が重くて重くて、水の中を流れに逆らって歩いているようなのだ。心には少しも晴れ間が訪れない。こんなのが一生続くのかと思うと、ますます憂鬱になる。生きること自体が、やっかいだ。

そんなもやもやとした気持ちを抱えたまま、金持ち相手の船上サーカスが開催された。あんなくだらない内容のおざなりサーカスなのに、拍手しやがって。僕は悔しさでいっぱいだった。レインボーサーカスの良さなんか少しも出ていなかったし、これならどこのサーカス団が演じたって同じことだ。完全なる茶番だったけれど、その公演のおかげで、またしても大入り袋が配られた。

海辺のリゾート地に滞在する最後の一日、全員に休暇が出た。トロ一家が買い物に行くというので、僕も一緒にデパートへついていく。今までにもらったお金は、全部ポケットの中だ。お金がたまったら、グランマに新しいスカーフを買おうと決めていたのだ。

けれど、どんな赤札のついた見切り品のスカーフでも、僕が持っているお金で買えるものは一枚もなかった。もっとお金を貯めてからスカーフを買うか、それともスカーフはあきらめて別の物をプレゼントするか。迷った挙句、スカーフでなくハンカチをプレゼントすることにする。

僕は、グランマにいちばん似合いそうな若草色のハンカチを、どうにか一枚選び出した。角に一か所、四つ葉のクローバーの刺繍がほどこしてある。店員さんが包みにリボンを結び、きれいに包装してくれた。ぐっと、プレゼントらしい装いになっている。

転機は、それから数日後に訪れた。

僕も、トロとローズの慰問サーカスに同行することになったのだ。沿岸部を離れ、本拠地である番外地に戻る途中、一日だけキャラバンとは別行動を取って、病院の小児病棟や孤児院、老人ホームなどに立ち寄るのだという。トロとローズは、同じことを去年もやっている。

「クリニクラウン？」

前の晩、道具の準備をするというトロの手伝いをしながら、話を聞いた。

「病院とか老人ホームとか刑務所とかに出向いて、その人達の心をケアすることを目的にしたクラウンのことよ。ホスピタルクラウンとか、ケアリングクラウンとも言うわ」

最初はただ赤ん坊のお守り役として同行するはずだったのだけど、ローズの提案で、急きょ僕もクラウンの格好をして、トロとローズと一緒にクリニクラウンをすることになった。

「そうさ、ボランティア活動の一環だよ」

トロの目は、いつになく輝いている。継ぎはぎだらけの巨大ズボンにアイロンをかけながら、鼻歌まで口ずさんでいた。

僕の衣装は、ローズのお下がりだというぶかぶかのパジャマだ。ピンクの生地に、青い水玉模様が入っている。それを、僕の体に合うよう、ローズが少しだけ縫ってサイズを調節してくれた。

実際に体に当ててみると、かなり間抜けな印象になる。更にローズのナイトキャップをかぶり、ピンポン玉のような赤鼻をつけると、一気に雰囲気が出た。明日の本番では、顔に化粧もするそうだ。

「とにかく少年は、お馬鹿さんっぽくふるまってくれるだけでオッケーだから。何もしゃべる必要はないの。サーカスに、言葉はいらないから。明日はこの子もピエロに扮して、みんなをたくさん笑わせましょう！」

ローズが、うれしそうに拳をあげる。

「僕が合図を送ったら、少年がジャグリングをやるといいんじゃないかな？」

トロの提案に、

「そうね、せっかくだもの、そうしましょうよ」

ローズも賛成し、僕は本番で、ジャグリングも披露することになった。

ぶっつけ本番だった。最低限の打ち合わせだけして、いきなりみんなの前に立つ。基本的にはトロがメインでクラウンをやり、ローズがそれをサポートし、僕がちょこまかと動く。赤ん坊も変な衣装を着せられて、ローズの背中におんぶされていた。僕は、顔に星印のかかれた小さなピエロ役だ。

トロは、クラウンを演じているという感じがまるでなくて、本当にそういう人物のようにしか見えなかった。小児病棟では、次々と風船を膨らませていろんな動物に変形させ、孤児院では外のバルコニーで、大きなシャボン玉をたくさん浮かび上がらせた。

もっとも印象的だったのは、老人ホームでの出来事だ。中にひとり、どうしても笑わないおじいさんがいた。病気で片足を失った人だった。会場に集まったお年寄り達の表情が、トロのクラウン芸によって少しずつほぐれていく中、そのおじいさんだけは、ずっと蠟人形(ろうにんぎょう)みたいに固まっていた。

施設の人とローズが話しているのを小耳に挟んだのだが、どうやら足を失(な)くしてからというもの、一度も笑っていないのだという。おじいさんは、まるで目を開けたまま死んでいるように見えた。僕は正直、近づくのさえ恐ろしかった。

けれど、トロはそのおじいさんの前で、何度も何度もおかしな芸を披露した。すると、おじいさんがかすかに表情を緩め、笑ったのだ。すかさずローズが、おんぶ紐(ひも)を解いて、赤ん坊をおじいさんのベッドの上に預ける。おじいさんは、ぎこちない手つきで赤ん坊の体を支えた。こんな小さな生き物にどうやって触れたらいいのか、途方に暮れているのだと言わんばかりの硬い表情で、けれど目には少しずつ、優しい色が満ちてきた。

ローズが背中を押したので、僕もおじいさんのそばに近づく。それから手を伸ばし、おじいさんの肩や背中に触れた。そこまですると、手は勝手に動き出した。体をさするのは、グランマで慣れている。優しくゆっくり弧を描くようにさすっていると、蠟人形だったおじいさんの体が、だんだん僕の熱で柔らかくなっていくのが手に取るようにわかった。僕は、おじいさんの背中をさすり続けた。

「少年、いい仕事だったよ」

すべての慰問を終え、帰りに公園に寄って顔の化粧を落としていると、洗顔フォームを泡だてながらローズがほめてくれる。だけど僕としては、反省点だらけだった。

「ジャグリングのボールは落っことしちゃうし、その瞬間頭が真っ白になっちゃってさ。でも、トロのクラウンは、本気ですごいと思ったよ。びっくりした。なんか、入っちゃってるっていうか」

「入っちゃってる？」

思い出すと、まだ背中がぞくぞくする。

「うん、気合いっていうのかな。今思い出しても、鳥肌が立ちそうになっちゃうよ」

「そっか、少年もやっぱりそれを感じるのね」

両方のほっぺたに白い泡を塗りつけながら、ローズがつぶやく。やっぱり、ってことは、ローズも同じふうに感じているということだろうか。

「なんか、いつものトロと違う気がした」

僕は、慎重に言葉を選んだ。

「そうなのよね、ふだんのトロのクラウン芸より、クリニクラウンをしている時のトロの方がさ、なんていうかこう……」

そこまで言いかけると、ローズは豪快に水しぶきを飛び散らせながら、冷たい水で顔を洗う。

「クリニクラウンの時の方が、いきいきしているよね」

僕は、どさくさに紛れて言った。もしかしたら、水の音でローズには聞こえないかもしれないと思いながら。僕も、水道の水で顔をすすいだ。

顔を上げると、すっぴんに戻ったピカピカの顔で、ローズがじっと僕を見ている。

そしてひとこと、こうつぶやいた。

「やっぱり、クリニクラウンとしてのトロの方が、いい演技をするわよね」

当のトロは、赤ん坊を連れて箱の中で着替えているらしい。箱に戻るまでの道すががら、ローズともう少しトロについて話した。

「トロはね、子どもの頃、転落して足を怪我したでしょ？　かなり重傷で、何か月も入院していたらしいの。お医者様は車椅子の生活になるかもしれないって言ったみたい。でも、トロはすごくがんばってがんばってリハビリに励んで、自力で歩けるようになったの。お医者様も周りの家族も、みんなびっくりしたってマダムが言ってたわ。

トロ、子どもの頃、綱渡り師になりたかったんですって。でも、怪我をしたから、どうしてもその夢はあきらめなくちゃいけなくなったの。だからきっと、レインボーサーカスの舞台に立つと、その悔しさみたいなのを、思い出しちゃうのかもね。それで、本当はクラウンなんかやりたくなかったのにっていう気持ちが、無意識のうちににじみ出ちゃうんじゃないかしら。だから、ふだんのトロのクラウン芸って、なんかこう、深くないっていうか、面白味に欠けるのよね」

ローズは、一気に喋った。

「でも、それはもうどうしようもないことでしょう？」

「うん」

僕だって同じなのだ。この十歳の体から抜け出せないことは、どうしようもない。

「だからきっとふだんのステージに立つと、変な劣等感がトロを支配してしまうんじゃないかしら？　でも、クリニクラウンの時は、それが出ないの。だって、相手も傷ついた人達だから。トロはまだ、運命と和解ができていないのよね。私が偉そうに言えることではないんだけど」

それからローズは、とても哀（かな）しそうに微笑（ほほえ）んだ。

運命と和解する、か。その言葉が、僕のあばら骨の辺りに奇妙な格好で引っかかっていた。

「トロのこと、よくわかっているんだね」

向こうの箱の小窓に、トロの頭が見えている。

「そりゃ、そうよ。奥さんだもん」

ローズが、自慢するように胸を張る。顔は普通なのに衣装だけはまだクラウンだから、ちょっとちぐはぐで間抜けっぽい。

「でも、僕の両親みたいに、夫婦でも気持ちが離れて、別れちゃうってこともあるでしょう？」

「そうね、そうだったわね。夫婦になったからって、一生愛し合う保証はどこにもない。少年は、小さな体で、いろんなことをいっぱい知っているんだね。あ、ごめん」

小さいと言ったことに気づいて、すぐにローズが謝った。

「いいんだよ。僕の体は小さいんだもん。そのことを受け入れなくちゃ、前に進めないから」

結局、いくら願っても否定してもじたばたしても、事実は事実として変わらない。自分の意思で変えることができるのは、心だけだ。体が変わらないのなら、心を変えていくしかない。

「あー、おなかが空いちゃったね」

ローズが、子どもっぽい声で言う。

秋から冬へと急ぐ空はもうすでに暮れ始め、今にもとろけそうな色をたたえている。目を閉じると、何度でも、おじいさんの笑顔がよみがえった。子ども達の瞳が、見事な星空となって僕のまぶたを埋め尽くした。

「人を笑わせたり喜ばせたりするって、素敵なことだね」

僕は、この大切な気持ちがどうかローズにも目減りすることなく伝わりますようにと願った。本当は、背中を押されたらすぐに涙がこぼれてしまいそうなほどに、感動していたのだ。今回の慰問で、大切な贈り物をもらったのは自分の方なのだと気がついた。

「ほんと、人を笑わせるってことは、人を傷つけたり哀しませたりすることより、百倍も千倍も難しいわ。人生の哀しみを知らなくちゃ、相手を笑わせることなんてできないもの。孤独を知っているからこそ、みんなでバカ笑いできる幸せをありがたく思えるのよ」

僕は衝動的に、ローズと手をつなぎたくなった。でも、その気持ちを必死にこらえた。

「だから少年」

数歩先を歩いていたローズが、くるりと振り向く。

「失恋も、芸を磨くってこと。人生の酸いも甘いも味わわなくちゃ、いいサーカス人間にはなれないわよ」

ローズと手をつなぎたいと思った気持ちは、即刻撤回だ。せっかく忘れそうになっていたのに。僕は口を尖らせた。それからすばやく手を伸ばし、ローズの脇腹の、たるんでいる贅肉をぎゅっとつかむ。ローズが顔を真っ赤にして僕をにらんだ。

「人の弱点をそうやって馬鹿にすると」

僕のことも小さいって言ったんだから、おあいこのはずだ。

「晩ご飯のファラフェル、あげないんだから！」

その瞬間、僕は吹き出した。それを見て、ローズも吹き出す。あまりにも、子どもじみたお仕置きだ。でも、今の僕にとっては死活問題だ。おなかが空いて、倒れそうだった。

「おーい、ふたりとも早くしてくれよ!」

ローズと鬼ごっこのようなことをしてふざけていたら、箱の扉ががばっと開いて、トロが顔を出す。

「ごめーん」

ローズは甘ったれた声を出して、トロの方に駆け寄り、その首に両手を巻きつけた。今なら僕も、僕が最初に番外地に来た晩、トロとローズがふたりで夜明け前にしていた行為が何だったのか、想像がつく。もしも今晩、また同じことが発生したら、僕はどうすればいいのだろう。

そうか、そういう時こそ、心の中でジャグリングをしてみればいいのだ。そうすれば、集中できる。

心は自由だ。どこにでも行ける。

僕の心は、いつだって自由なんだ。

14

番外地に戻ってほどなく、僕宛(あて)に小包が届けられた。

僕は最初、グランマかおじさんからだと早とちりした。誕生日が近づいていたからだ。少し早目に、プレゼントを送ってくれたのかと思った。でも、そうではなかった。

小包を手にした時、まず最初に、あれ？　と首をかしげ、包みを開けるにつれ、その予感は確信へと変化した。それは、紛れもなくナットーからの小包だった。懐かしいあの甘い匂いでぴんときたのだ。

ただ、中に入っているものの全貌(ぜんぼう)がわかると、言葉を失うしかなかった。そこには、ビニール袋に入れられた、大量のお札が入っている。途中から僕は、数えるのすらあきらめた。お札と一緒に一枚だけメモが入っていて、そこには、「少年から、マダムに渡してちょうだい。よろしく」と書いてあった。

ナットーはまだ、マダムが代替わりしたことを知らないのかもしれない。ナットーと過ごした最後の時間を思い出し、僕は急に胸が苦しくなる。

ふと、こんな大事なことを団長に報告しなくていいのだろうかと不安になった。でもきっと団長は、ナットーからのお金なんて、受け取らないだろう。それでは、ナットーの気持ちが台無しになってしまう。

そうか、そういうことだったのか。僕は、あの時ナットーが語っていた言葉の意味を、ようやく理解した。

好きだから離れる。

ナットーは確か、そんなことを言った。ナットーは自分がスーパーサーカスに移籍することで、このレインボーサーカスを救おうとしたのだ。やっとわかった。だったら尚のこと、このお金は絶対に無駄にできない。

僕はひとりでナターシャに届ける決心をし、実行した。ナターシャは最初こそ驚いていたものの、事情を話すとすぐに理解し、管理している金庫にきちんとしまうことを約束してくれた。

それから数日経った夕刻のことだ。

僕は、食材の仕分け作業を行っていた。古新聞の包みを広げると、そこから大量のじゃが芋が現れた。どれも、かなり芽が伸びている。

「コック、こんなに芽が出ちゃってるけど、大丈夫かな？　確か、じゃが芋の芽って、毒があるんでしょう？」

そう言いながら体を起こそうとした時、新聞紙に広げてあったじゃが芋のいくつかが、コロコロと床に転がり落ちた。

その瞬間、ある一枚の写真が目に飛び込んだ。切り立った崖と崖の間に綱を張り、その上を歩いている女の人の写真だ。崖自体がとても大きいし、その距離はかなり離れているのだろう。女の人が、とても小さく写っている。

「サーカス界に、新星現る」

「伝説の綱渡り師フィリップ・プティの再来か」

「彼女は、透明な翼の生えた天使」

見出しには、そんな文字が仰々しく刻まれていた。

「あの男も、ついにやったじゃないか」

夢中になって新聞記事を見ていたら、コックの声が降ってきた。上を向くと、すぐ真上にコックの顔があり、僕が手にしている新聞記事をのぞき込んでいる。間違いない。やっぱり、写真に写っているのはナットーなのだ。

「男じゃなくて、女の人になったんだってば」

コックは、何度言っても認めようとしない。

「いいや、あいつはガキの頃、確かに男の子だった」

けれど、瞳の表面にはいっぱいの優しさがたたえられていて、それが今にも液体に変化し、ぽたりと落下しそうだった。

「すごいね、ナットー、一躍時の人になったんだ！」

僕は、ナットーの偉業が本当に本当に誇らしかった。まるで自分が、称賛されているようにうれしくなる。

「きっと、懸賞金をかけて挑戦したんだろ」

コックは尚も、まじまじと新聞記事を見つめている。

「懸賞金って、どういうこと？」

「これは純粋な新聞記事じゃなくて、企業がお金を出して制作した、記事風の広告なのさ。ほら、その下のところにスーパーサーカスの宣伝が出てるだろ。スポンサー企業が、ナットーを使ってスーパーサーカスの公演を告知したんだよ。こんなすごい奴が出るとなったら、みんな、スーパーサーカスを見に行きたいと思うじゃないか。その証拠に」

コックはそこまで言いかけると、調理台の引き出しから、魚の小骨などを抜く時に使う虫眼鏡を取り出し、綱の上を歩いているナットーの写真に焦点を当てた。

「ほら、背中にスーパーサーカスの名前と、スポンサーのマークが入っている」

「僕にも見せて！」

僕は突然弾かれたように立ち上がり、コックの手から虫眼鏡を奪い取った。虫眼鏡を通すと、よりくっきり、ナットーの姿が現れる。長いスカートをはき、手には傘を持っている。まるで軽くスキップをしているみたいだ。髪の毛に隠れているせいではっきりとは見えないけれど、ナットーは綱の上で笑っている。

「ナットー、ますます、きれいになってるね」

もちろん、レインボーサーカスにいた頃のナットーも魅力的だったけど、まだ、どこかに男性だった名残のようなものがあった。けれど今、新聞の写真で見るナットーは、どこからどう見ても女性そのものだ。なんていうか、スーパーサーカスに移籍したことで、ますます磨きがかかったというか、洗練されたみたいだ。長いスカートをはいているから、足元がハイヒールなのか、それとも今回は違う靴を履いているのかはわからないけれど、指の先の先にまで優雅さが漂っていて、その写真はまるで、一枚の美しい水彩画のようだった。

「ほら、綱がたるんでいるだろ。こういう綱渡りは、ものすごく難度が高いんだ。数あるサーカス芸の中でも、もっとも難しいと言われている。ナットーは、あえてそれに挑戦したんだな。命がけで。それで、懸賞金をいっぱい手に入れたんだろう」

きっと、この時に手にしたお金が、今、ナターシャの管理する金庫に眠っているのだ。

「ねぇ、この写真、切り抜いて、どこかに飾ろうよ」

コックに反対されるのを覚悟の上で、僕は提案した。けれど、意外にもコックは、すんなりとそれを受け入れ、自らキッチンバサミを手に、その写真を長方形に切り抜いた。

「どうやら、奴は新しい名前を手に入れたらしいな」

僕が読むのをあきらめていた、細かい文字で書かれた記事に目を落としたまま、コックが教えてくれる。

「今度はどんな名前になったの？」

早く、ナットーの新しい名前が知りたかった。

「ズフラだとよ。昔の言葉で、『金星』とか『宵の明星』って意味だ。だから、この写真の綱渡り師は、ナットーじゃない。ズフラだ。いい響きじゃないか。それにしても、大したもんだよ。新聞広告のモデルになるなんて、そうそうできることじゃない」

「ほんと、すごいね。僕、感動しちゃった。それに、この傘、見てよ！」

僕はズフラの持っている傘を指差す。青空の中に、虹色(にじいろ)の傘が一際(ひときわ)鮮やかに写っている。きっと、ズフラからのメッセージだ。僕達はずっと、この先も永遠に繋(つな)がっている。そう思うと、胸が痺(しび)れるように熱くなる。

コックは後日、そのズフラの写っている写真を、古びた額縁に入れ、厨房(ちゅうぼう)の壁に飾ってくれた。じゃが芋が包まれていたから皺(しわ)が残っているし、少し土で汚れたところもある。けれどそれも、なんだかいい味をかもし出していた。

ズフラ。

きっとズフラは、本物の金星のように、もっともっとたくさんの人の心を魅了するのだろう。僕の胸は、そんな確信でいっぱいになっていた。

一方の僕はというと、実のところ、かなり迷っていた。

ジャグリングの腕は、自分でも上達したと思う。もちろん、まだまだ先に道がある。でも僕には、ジャグラーとしての何かが足りない。決して、キャビアのようにはなれない気がする。生まれ持った芸術的センスの差とでもいうのだろうか。キャビアがボールをにぎると芸になるのに、僕が同じボールで同じようにジャグリングをしても、どうしても技にしかならない。

トロとローズの慰問に同行して以来、クラウンにも興味がある。いろいろローズに話を聞くと、リトルクラウンという分野が確立されているらしいのだ。要するに、僕みたいな人間が演じるクラウン芸のことである。

世界の片隅には、そういう人達だけがもてなす遊園地もあり、そこには小さい人間だけを集めたサーカス団もあるらしいのだ。ふつうの人間ではできないような、大きな風船に体をくりつけて浮遊したりする芸も、リトルクラウンなら簡単だ。もしかすると、それなら僕にもできるかもしれない。

でも、やっぱりこれ見よがしに自分の小ささを利用するというか、小ささに便乗するのは、なんとなく気が進まなかった。もちろん、僕はこの、体というキグルミから抜け出すことは一生できない。窮屈なキグルミは、僕の心に癒着したままどこまでもついてくる。レインボーサーカスに入る時は、このチビの自分でも受け入れてもらえるのはここしかないと思っていた。でも今は違う。そんな消去法の選択肢ではなくて、僕は自分で積極的に人生を開拓したい。

ナットーが、ズフラへと美しく変身し、生まれ変わったように。自分の生きる道は、たくさんの選択肢の中から自分で決めたいのだ。

そう思うと、やがて僕の人生は、一本の細い綱へと導かれるのを感じた。できるかどうか、なれるかなれないか、それは自分にもわからない。でも、強烈に心が魅かれていく。その流れを、自分でも止められない。あの一枚の新聞写真が、僕の心を一歩前へと動かしていた。

何日も何日も、僕はそのことについて考えた。

もしかしたら、命を落とすかもしれない。初めて、死というものを真剣に考えた。不思議なことに、生まれつきの難病を患い、挙句、薬のせいで体が大きくならないという病まで背負ってしまったというのに、僕は自分がいつか死ぬことについては、これまでの人生で、一度も考えたことがなかった。グランマが死んでしまうことは、かなり具体的に想像し、自らのその想像に怯え、夜もぐっすり眠れなかったというのに。

それは、とても幸福なことだったのだと、今になってようやく気づいた。幼い頃は両親が必死で看病し、途中からはグランマが、僕の人生の盾となり、負のイメージから僕を守ってくれていた。

僕は、自ら団長に面談を申し込んだ。もう、この想いを伝えずにはいられなかった。

ナターシャは、団長の箱に引っ越したらしい。約束を取り付けた日の午後、箱の扉をノックすると、真っ先にナターシャが顔を出す。少し体が大きくなっているように見えるのは、気のせいだろうか、服のせいだろうか。

ナターシャは、お腹周りがふっくらとした長めのワンピースを身につけている。髪の毛をまとめてお団子のように丸めて結いつけているせいで、どことなくマダムを思い出させた。何度頭の中で練習しても、やっぱり僕にとってマダムは先代のマダムのことをさし、今目の前にいるのは、団長の愛人だった頃のナターシャになってしまう。

「こんにちは」

僕と目が合うと、ナターシャは意味深げに目を伏せて僕を見た。

「どうぞ」

どうやら団長は、まだ外から戻ってきていないらしい。それだったら、もっと時間を遅らせて来るんだった。ナターシャとふたりきりで箱にいると、どんどん空気が薄くなっていくような気がして、心臓が苦しくなってくる。

箱の中に入ってベッドに腰かけ、何気なく壁を見ると、初代、二代目の写真に並べて、三代目であるマダムの写真も加わっていた。団長が同じようなタイプの女性を選んでしまうのか、それともサーカスでの暮らしが少しずつマダム達を同じような容姿に形成していくのかわからないけど、並べられた三人の写真は、全員が全員、髪の毛を丸めてお団子にし、顎（あご）の周りにはたっぷりと柔らかそうな贅肉がまとわりついて、まるで三人姉妹のように似通っている。ということは、今は細身のナターシャもいつかは……。

そんなことを想像していたら、ようやく勢いよく扉が開いて、団長が顔を出した。待たせて悪かったな、という意思表示のつもりなのか、手に持っていた葉巻をかすかに持ち上げて僕を見る。

平常心、平常心。僕は、自分の心に言い聞かせた。団長の前に出ると、どうしても緊張して上がってしまう。

団長がベッドに座るや否（いな）や、ナターシャが団長の手にグラスを差し出した。中には、琥珀色（こはくいろ）のとろりとした液体が入っている。

「僕、綱渡り師になります」

団長から何かを言われる前に、自分の方から切り出した。話の主導権を握りたかった。

「ほぅ」

少しも動じることなく、団長が葉巻を一服する。

「どんな綱渡り師になりたいのかね」

壁にのけ反るようにして、団長がたずねた。

その時に僕の脳裏を過ったのは、ズフラのような、という形容詞だった。ズフラと言っても、団長にはわからない。あなたの息子、いや今は娘、ナットーのような可憐な綱渡り師です。そう、言おうかと思った。けれど、もう少し考えてから、

「虹を見ている時のような気分になる、綱渡り師になりたいんです」

僕は言った。そんな言葉が、そよ風みたいにすーっと出た。自分でも不思議だった。

「ほぅ」

団長はまたそう言って煙を吸うと、短くて立派な足をぎこちなく組み替える。ナターシャは、僕の面談には参加せず、使い終わった揚げ油の処理などを黙々とこなしている。団長の次の言葉を待ったけれど、沈黙が続くばかりだった。

「死は、覚悟しています」

決め台詞のつもりだった。けれどその瞬間、

「馬鹿野郎！」

団長が大声で怒鳴った。手にしていたグラスを傾け、僕の顔に中の液体を浴びせか

ける。髪の毛はアルコールでびしゃびしゃになり、滴が垂れて否応なく口の中にまで侵入した。

「軽々しく、そんな言葉を口にするもんじゃない！」

僕は、一言も言い訳ができなかった。体が少しも動かせない。

「死を恐れない奴はな、必ず落ちる。トロがいい例だ。あいつは、子どもの頃から恐れを知らなかったんだ。それで、どんどん高度な技をやっちまって、ある日落下した。だから」

そこまで言うと、団長はナターシャを呼び、空になったグラスにお酒をつがせた。団長はそれを一気に飲み干し、アルコール臭い息で続ける。

「恐れるんだ。そして、絶対に足を踏み外すな。絶対に落ちるな。その上で、恐怖心と闘うんだ。生きたい、安全な場所に辿り着きたいと願うんだ。それが綱渡りの極意だ。だから、もう一度繰り返す。絶対に、落ちるな」

僕の胸にも、団長のまっすぐな思いが伝わってくる。

「約束できるか？」

団長が、無くした物を探すような仕草で、僕の目をのぞき込んだ。

「約束します。絶対に落ちません」

世界中のあらゆる神様の前で宣誓するような厳粛な気持ちで、心の深いところから声を出す。そして、団長が差し出してきた小指に、自分の小指を絡（から）ませた。あの時と一緒だ。ナットーと過ごした最後の夜、彼女ともこんなふうに指切りした。指切りという行為が、なんとなく子どもじみているように思えたけれど、その時は僕も団長も真剣だった。

「よーし」

指切りが済むと、団長はいきなり相好を崩す。それから、

「おい、酒」

とナターシャに命じ、僕の手にもグラスを握らせた。ナターシャが、なみなみと琥珀色の液体を注ぐ。

「飲め」

有無を言わせぬ団長の言葉に背中を押され、僕は一気に飲み干した。体の中心を、火の玉が炎を上げながら急降下するようだった。

「いいか、明日から練習をする。朝四時半、テントに集合だ。それまでに、縄跳び百回、腕立て腹筋五十回、それを済ませておくように。その貧弱な体に筋力をつけないと、何事も始まらん。遅刻などしようものなら、即刻中止する。いいか？」

「はい」

　おなかの底から声を出したつもりなのに、実際は頼りない声しか出ない。ふと見ると、ナターシャが笑っていた。笑うと、急に幼く見える。もしかすると、ナターシャは僕が思っているよりも、ずっと若いのかもしれない。

　上機嫌になった団長が、ナターシャに、棚にしまってあるアルバムを出してくるように命じた。団長の言い方は常に、物を頼むというよりも命令しているようにしか聞こえない。最初は僕もそれにいちいち怯（おび）えてしまったけど、団長にとってはこれが普通の喋り方なのだ。そのことが、だんだんわかってきた。

「ほらこれ」

　団長が台紙をめくって、ある写真を見せてくれる。

「あいつが女物の衣装を着たがるから、怒って無理やり男の衣装を着させたら、ふてくされたんだ」

　写真には、べそをかく男の子が写っていた。

「でもこの後、あいつはどうしたと思う？」

　僕は、写真を見ながらじっと団長の言葉を待つ。

「誰も手の届かない綱の上に行って、そこで女物の衣装に着替えたのさ。その晩、とうとうあいつは飯も食わずに、綱の上で一夜を明かしたよ。俺に対するストライキを決行したのさ」

ナットーはその頃、必死の思いで闘っていたに違いない。そして手に入れた安心できる場所が、綱の上だった。

「もっと、始めから気づいてやれば、あいつをあれほど苦しめずに済んだのかもしれんな。悔しいがな、いなくなってから、あいつの偉大さがわかったよ」

僕の髪の毛からさっきのアルコールが垂れているのかと思ったら、団長が泣いているのだった。

「結果的に、あいつの居場所を奪っちまった」

泣いている団長に気づき、ナターシャが近づいて、団長の背中をゆっくりと撫でる。団長はまるで母親にしがみつく子どもみたいにナターシャの腰に両腕を回し、大粒の涙をぼろぼろこぼした。

アルバムには、いろんな人の子ども時代の写真が貼り付けられていた。ついつい今の姿ばかり見て忘れそうになってしまうけど、みんな、かつては子どもだったのだ。サルと一緒にドラム缶のおふろに入っているのは、テキーラだ。その頃はまだ、団長も現役の猛獣使いで、サーカスにはたくさんの動物達がいたのだろう。

一番新しい写真は、トロとローズの赤ん坊の写真だ。今はなきマダムが、満面の笑みを浮かべ、小さな赤ん坊を抱きしめている。

ナターシャのおなかの辺りに顔をうずめて本格的に泣きじゃくり始めてしまった団長にお辞儀をし、僕はふたりの箱を立ち去った。

外に出てから、思いっきり空を見上げた。金星が、この空のどこかに隠れているのかもしれない。

ズフラ。

僕は心の中で呼びかける。

僕もいつか、あなたのような美しい綱渡りができるようになるだろうか。人々が、雨上がりの空に虹を見つけた時のような素敵な気持ちになる綱渡り師に、なれるだろうか。

15

翌日から、猛特訓が始まった。

団長に言われた通り、縄跳び百回、腕立て腹筋五十回をこなす。団長は時間ぴったりに現れると、開口一番にこう怒鳴った。

「まず最初に言っておくが、綱渡りを、他人が教えることはできん！」

それでも団長は、最低限必要な、基礎知識みたいなものは教えてくれた。

一番の基本は、綱の張り方だ。張り方次第で、綱渡りはいかようにも変化する。ズフラの写真を見てコックが言っていたように、たるんだ綱の上でバランスを取るのは至難の業だ。もちろん初心者の僕の場合は、綱をめいっぱい張った状態にする。最初は、団長の膝くらいの低い位置に綱を張った。そしていよいよ、実践練習が始まる。

僕は、どきどきしながら綱に足をかけた。

「想像力だ、想像力を巡らせるんだ！」

予想に反して、団長の指導は情熱的だった。思いっきり唾を飛ばしながら、僕に力説する。

「低いからって、安心するんじゃない。毎回、綱に足をかける時は、断崖絶壁の上にいると思え！」

けれど僕の体は、団長の言葉を丸っきり無視し、爪先が綱に触れたと思う瞬間、無様にも綱から弾き飛ばされてしまう。綱から、バリア光線でも出ているみたいだ。僕を、少しも寄せ付けない。

何度も何度も挑戦した。

綱の上に一瞬だけ足を引っかけてはまたすぐに地面に落ち、また起き上がって綱に足をかける。最初は運動靴を履いてやったのだけど、靴を脱いで靴下だけになったらもう少し感覚をつかみやすくなり、更に靴下も脱いで裸足になったら、もっとやりやすくなった。

一秒、二秒と、綱の上に留まっていられる時間が長くなる。それでも、遅かれ早かれ、僕は綱の上でバランスを崩し、地面に足をつけてしまうことに変わりはない。無抵抗のまま棒が倒れるように体が傾くこともあれば、水の中でもがくようにして両手をばたつかせながら落下することもある。

こんな停滞した状態が、一週間以上も続いていた。ほんと、綱渡りなのに、一筋縄ではいかない。単純なのに、ものすごく奥が深い。僕がこの間に学んだ教訓は、それくらいだ。やってもやっても、うまくいかない。

「常に中心を意識するんだ。体のまん中に、鉄のまっすぐな棒が入っていると思え」

僕の運動神経の鈍さに呆れ果ててしまったのか、途中から団長は僕のそばを離れ、折り畳み椅子に腰かける。ただ、いくら強く鉄の棒をイメージしても、落ちる時は落ちる。

「まずは十秒、綱の上で静止していられるようになるんだな。それができるようになったら、俺を呼びに来い。綱の上で日常生活が送れるようになったら、大したものだ」

とうとう、僕の才能のなさに嫌気がさし、団長は折り畳み椅子の上からも姿を消した。確かに、団長が開口一番言った通り、綱渡りは他人から教えてもらえない孤独な芸だった。誰とも、何も分かち合えない。ただひたすら、綱に慣れるしかない。綱の上では、完全にひとりぼっちだ。でも僕は、その孤独感に、少しずつ魅力を感じていた。

ひとりで練習をしていると、子ども達が集まってきて、口々にアドバイスをくれる。

正直、ありがた迷惑のような助言も多かったけれど、中には、なるほど、そうすればいいのか、というためになる内容もあった。誰かがやっていると自分もやりたくなるらしく、時間が経つにつれて綱の周りはラッシュ状態だ。歯を磨きながら綱を渡る女の子もいて、僕にますます劣等感を抱かせていく。

今まで僕は厨房にばかりいたので気づかなかったけど、朝のテント内は、練習する人達でいっぱいなのだ。さすがに僕が練習を始める頃にはまだ誰もいないけど、練習をやっていると、ひとり、ふたりと人数が増え、気がついた頃にはテントの隅々にまで活気がみなぎっている。土の匂い、テントの匂い、汗の匂い。これらが絡み合って、サーカス独特の空気になる。

トランポリンで宙返りの練習をする人、天井付近で体にリボンを絡めてポーズを決める人、腰をくねらせフラフープを回す人、いろんな人がいる。まだヨチヨチ歩きの幼児ですら、天井から垂れる空中ブランコ用のロープに見様見真似でぶら下がり、戯れている。今は特に、次のクリスマス公演を控え、みんなが新しい演技を完成させようと必死なのだ。それに混じり、アウトレットオーケストラのメンバーも、朝早くから楽器をかき鳴らしている。

集中、集中。

いつからか、周りが騒がしくなると、心の中で何度もこの言葉をつぶやくようになっていた。そうすると、本当に雑音が聞こえなくなり、心の中におもしを入れて沈めたみたいに、すーっと気持ちが落ち着いてくる。

ある朝いつものように練習していたら、ふだんその時間帯には姿を見ることのないキャビアがやってきた。僕の様子をちらっと見た後、胸ポケットに入れてあった一本のバラの花をくれる。手にするまで、それが生花だとは気付かなかった。

「ほら、こうやって頭にバラの花をのせて、手を放すんだ」

キャビアの頭の上で、バラの花はまるで静止しているように見える。

「これが、バランスを取るいい訓練になる。これを一本、君にあげるよ」

実のところ、僕はちょっと気まずい思いを感じていたのだ。キャビアからあれほど熱心にジャグリングの基礎を教わったのに、結局僕は綱渡り師になる道を選んだ。

そのことが、顔に出ていたのかもしれない。

「少年、何をそんなに気の毒そうな顔をしているんだい？」

「だって……」

僕は、その言葉の続きが言えなかった。

「ジャグリングは、サーカス芸の基本だって、前にも僕、言ったじゃないか。つまり、ジャグリングはすべてのサーカスの道に通じているんだ。それに、綱渡りをしながらジャグリングをすることだってできるかもしれない。僕には到底できないけどね」

キャビアが、以前のキャビアと少しも態度が変わっていなくて安心した。それにしても、綱渡りをしながらジャグリングをするなんて、そんな発想、今まで一度もしたことがない。

「それができるようになったら、すごくカッコいいね」

僕は、自分でもわかるくらい、瞳を輝かせた。

「それほどマイナーな芸でもないよ。僕は、地面からエネルギーを吸い取りながらジャグリングをやっているから、地に足が着いていないとダメなタイプなんだ。でも、それとは逆に、地上よりも空中にいる時の方がいいジャグリングをする奴もいる。十人十色さ。だから少年も、少年にしかできない芸を開拓していくんだな。こうして練習をしているうちに、だんだん自分の型みたいなものが見えてくるから。

いいかい？　ローマは一日にしてならず、って諺があるだろ。サーカスも一緒。何度も何度も練習をして、失敗を重ねて、そこからようやく見えてくる世界があるんだよ」

僕は、キャビアが教えてくれたバラの花を使った練習方法を何度も試した。これは、広い空間など必要ない。思い立ったら、いつでもできる。バラの花がずっと静止したままでいられるようになると、今度はその格好のままジャグリングをする。

これは思いのほか楽しかった。それに、体がぶれないせいで、花をのせなかった時よりもっと長くボールを操ることが可能だ。まるで、自分が機械じかけのオモチャにでもなったような気分だった。ぜんまいのネジが回り続ける限り、同じように動けそうに思えた。

そして遂に、それを綱の上でやることに成功したのだ。いったん綱の上に乗ってからやろうとすると今まで通り失敗するけど、地上でバラの花を頭にのせ、更にジャグリングを始めてから綱に足をかけると、意外にも体がぶれずに移動できた。だけど残念なことに、ジャグリングの手を止めてしまうと、僕の体はとたんにバランスを失い、重力の法則に従って地球の中心へと吸い寄せられていく。

ようやく、バラの花ものせず、両手も空っぽにして、それでも綱の上でバランスを保っていられるようになったのは、団長と猛特訓を始めてから、ひと月も過ぎた頃だった。

僕は常に、頭にバラの花がのっているのをイメージした。団長の言う想像力とは、このことだろうか。それをイメージするだけで、不思議と体の揺れがおさまる。そのまま綱の上で十秒立っていられるようになると、今度はその上でしゃがんだり、また立ち上がったり、歩いたりする練習を繰り返した。日常生活を送れるまでには、まだほど遠いけど。

　練習の成果を確かめるため、団長が久しぶりにやって来た。

　ジャグリングの練習の時も、キャビアから似たようなことを言われた気がする。

「足元を見るんじゃない。常に先の一点を見つめるんだ」

　僕は、集中して綱の上でバランスを取り、足を一歩ずつ前に踏みだす。そういう時、心は空っぽだ。まるで自分が、ただの器になったような気持ちになる。一歩前へ、一歩前へ。早歩きよりも、ゆっくりと歩く方が難しい。ちゃかちゃかとネズミのようにすばしっこく綱の上を駆け抜けるのは、案外簡単なのかもしれない。けれど、僕はもっと綱の上の空気を堪能したい。だから呼吸を整え、一歩ずつ着実に前へ進むことを心がける。

　そんな時、ふとズフラの香りを感じる瞬間がある。僕が辿り着こうとしている向こう側の台の上から、ズフラがしなやかに手を差し出し、僕を導いてくれる。バランスを崩しそうになると、さっと僕の横に移動して、きゃしゃな肩を貸してくれる。その瞬間がたまらなくて、僕は何度も綱の上を往復した。

気がつくと、指導をしてくれる団長の頭が、綱の上の僕のかかとと同じくらいの位置になっていた。僕が知らないうちに、団長が綱を張る位置を少しずつ上げていたらしいのだ。いつの間にか、綱の感触が足の裏に馴染(なじ)んでいる。

怖くなかった。正直、最初は膝くらいの高さしかない綱の上からでも、落ちるのが怖かった。けれど、綱が高くなるにつれて、不思議と恐怖心は薄らいだ。もっともっと高いところまで行けば、やがて重力から解放されると思うと、僕はより高いところに綱を張りたくなる。

無重力の世界まで行ってしまえば、背中に羽を得たのと同じことだ。落下しようにも、重力が存在しないのだから、僕の体はぷかぷかと宙に浮かんだままになるだろう。そんな空想が、僕を甘い夢の世界へと導いた。

僕は、綱の上で十四歳になった。

あれから、一年が経ったのだ。早いような、それでいて長いような、不思議な時間の流れ方をする一年だった。それほど期待していたわけでもなかったけど、グランマからもおじさんからも、誕生日プレゼントは届かなかった。僕は、仲のいいコックやローズにも、自分の誕生日を打ち明けなかった。誰にも祝福の言葉をかけられることなく、ひっそりと十四歳の誕生日を迎えたのだ。

とにかく一日も早く、ズフラのいる場所へ辿り着きたかった。お祝いをして、時間を無駄にしている場合ではない。

ある朝、僕は団長の目を盗み、綱を、前日より更に高い位置に設置した。もう、梯子を使って台の上に行かなければ、綱渡りを始めることができない。

台の上に立った時、さすがに今までとは見え方が違うと感じた。そんな高い場所でこれから綱渡りをするのだと思うと、体がぞくぞくした。

綱渡りを開始する。まずは右足を前に一歩踏み出す。続いて左足をまた一歩前へ。前に進む時、軸足でバランスを取ったまま、移動させる足の爪先を思いっきり伸ばし、大きく半円を描くようにする。無意識のうちに、そんな歩き方が定着した。

ゆっくりと歩きながら、綱の中央まで移動する。両手を広げてバランスを取っていると、やがて両手は翼へと姿を変え、僕は一瞬だけ、無敵の綱渡り師になる。心は、テントのてっぺんから空に吸い込まれ、宇宙の彼方へと旅をする。バランスを保ったまま、左足を後ろに伸ばす。それから更に上体を戻し、片足立ちのまま綱の上に座り、その上であぐらをかく。いつの間にか、こんな芸までできるようになっていた。

けれどこの時、一瞬だけ足元を見てしまったのだ。入道雲が湧き上がるように、みるみる恐怖心が僕の心を支配する。気がつくと、テントの隙間(すきま)から巨大な隕石(いんせき)が落ちてきた。やばい！　このままでは僕を直撃する。

そう心の中で叫んだ瞬間、僕の体は巨大な両手で綱から引きずりおろされそうになり、綱の上でバランスを崩した。なんとか綱を両手でつかみ、その場所に留まろうとしたけどダメだった。

僕は、無様な格好で落下した。すんでのところで、向こうから走ってきた団長に服の一部をつかまれる。けれど、団長といえども僕の体を両手で受け止めることはできず、僕は団長もろとも地面に体を打ちつけた。

「馬鹿(ばか)野郎！」

尻餅(しりもち)をついて唖然(あぜん)とする僕に、団長が手を上げそうになる。けれど、叩(たた)かなかった。その代わり、僕の目をまっすぐに見据え、こう怒鳴った。

「綱渡りは、高さを競い合っているんじゃない！　サーカスは、詩だよ。人間が体で表現する詩そのものだよ。美しい詩の一節に触れたような気持ちをプレゼントするのが、俺達に与えられた仕事なんだ。このステージは、度胸試しをする場所じゃない。高さを競いたいなら、スタントマンになれ！」

興奮しているのか、団長の顔が真っ赤になっている。

「すみませんでした」

本当に、自分が悪いと思った。団長の目を盗んで高さを上げるなんて、馬鹿げている。自分の浅はかさが悔しくて、涙が込み上げてきた。それと同時に、麻酔から覚めたみたいに、体の節々で痛みが自己主張を始める。特に、尾てい骨の痛さは、半端じゃない。あまりに痛くて、その場で顔をしかめた。

「立て」

団長が両手を差し出し、僕を立ち上がらせようとする。

「今の落ち方だったら、大事には至っていないだろう。トロが鉄棒から手を滑らせて落下した時は、今とはまるで違って、交通事故みたいなドカンという音が響いたそうだから」

言われた通り、僕はゆっくりと立ち上がった。確かに、骨折などはしていないようだった。立っていると、少しずつ潮が引くように、痛みや痺れが遠のいていく。

「同じ高さでもう一回やってみるか？　それとも」

団長が、僕の目をぎょろりとのぞき込む。

「もう一回やってみます」

僕は神妙に答え、梯子に手をかける。ここで止めてしまったら、恐怖心が完全に僕の心を住みかにして繁殖しそうな予感がする。綱渡りが嫌いになってしまいそうだ。だからこの場で、恐怖心の影を一切追い払ってしまいたかった。

台の上で目を閉じ、呼吸を整えてから、またゆっくりと目を開ける。

僕は集中した。

未来の一点だけをじっと見つめ、ただひたすらにその場所を目指しながら、一歩ずつ足を前に踏み出す。やがて、自分の背中が小さく小さく見えてきた。地球をぐるりと一周して、僕が、僕自身の後姿を見つめている。奇妙な感覚だけど、確かに見えているのは僕の姿だ。片足を上げ、しゃがみ、また立ち上がる。

団長は、僕の足のすぐ下にいる。実際に見えているわけではないのに、気配でわかる。僕と同じスピードで、ゆっくりと歩いている。僕は、未来を見つめたまま、歩き続けた。未来の先に、自分の背中が見える。つまり未来とは、僕自身のこと？

不思議な体験だった。強力な耳栓が外れたみたいに、歓声や拍手が耳になだれ込んでくる。気がつくと、僕の体は反対側の台の上まで移動を終えていたのだ。

本当に、自分の背中が見えたこと以外、何も覚えていない。この綱の上を、僕はどんなふうに歩いたのだろう。けれど、みんなが笑顔で拍手を送ってくれている。そうか、僕の綱渡りは成功したのだ。

「よくやった！」

いきなり体が宙に持ち上がった。団長が僕の膝の辺りをぎゅっとつかんで、僕を地面に下ろしてくれる。そのまま、団長の胸に抱きしめられた。

「いい綱渡りだった」

「ブラボー」

「少年、最高よ！」

方々から、称賛の声が届く。

知らんぷりして、みんなが僕の綱渡りを見守ってくれていたのだ。ひとりでに涙があふれ、僕はそれをごまかすため必死で目を見開いていた。団長が、ぶちゅっと僕のほっぺたにキスをする。

その夜、僕は眠れなかった。コックは、隣のベッドですっかり眠りの世界に入っている。最近気づいたのだけど、コックは無呼吸症候群の疑いがあり、寝ていると、時々、完全に呼吸が止まってしまう。でも、だから心配で眠れないのではない。朝の出来事が、僕に大事な何かを教えてくれようとしている。それをつかもうと必死にもがいていた。その正体を確かめるまで、僕はどうしても眠れなかったのだ。

何度も何度も、ズフラの綱渡りを思い出した。目を閉じると、彼女の演技が甦(よみがえ)ってくる。あの美しさの秘密を知りたかった。そして、ほとんど眠りに落ちる寸前、あぁ、そういうことなのか、とやっとわかった。単純なことだった。

ズフラの綱渡り、あれは「死の綱渡り」なんかじゃなかったのだ。ズフラは、死の恐怖と闘っていたのではなく、生きる歓び(よろこ)を全身で表現していた。だから、「生の綱渡り」なのだ。

それに気づいたら、涙があふれて止まらなくなった。いつか自分も、あんなふうに綱の上で自由になりたい。

団長は、サーカスは詩そのものだと言った。そのことが、今なら少しだけ、わかる気がする。僕は、ズフラの綱渡りを間違った目で見ていたのかもしれない。ズフラの演技は、生きることそのものだった。だから、輝いて見えたのだ。

ベッドで横になったまま、僕は早く夜が明ければいい、そして、また綱の上を歩きたいと思った。

ナターシャが、僕の体の寸法を測ってくれる。彼女の指が、腕や肩を毛虫のように這(は)い回るので、くすぐったい。僕は、笑いたいのを必死に我慢する。

その横では団長が、これから始まるクリスマス公演の筋書きのようなものを考えている。メガネをかけ、鉛筆をがりがりと齧っている団長は、いつになく真剣そのものだ。誰が、どのタイミングで、どんな演技を披露するか。それを箇条書きにして、表にしているらしい。

もう、ナットーもペンギンもいない。そのふたつが目玉だったようなものだから、その穴はかなり大きいのだろう。レインボーサーカスが存亡の危機に瀕していることは、肌で感じる。だからこそ、みんなが精いっぱい自分の技を磨いているのだ。

「綱渡りは、そうだなぁ……」

僕は、耳をそばだてる。さっきから団長は、幾度となく消しゴムで字を消し、その上からまた書き直している。

「オープニングでいくか」

その瞬間、反射的に体の向きを変えてしまい、危うく足の甲にマチ針が刺さるところだった。

「危ないっ」

足元にしゃがんでいたナターシャが、思わずヒステリックな声を上げる。

「ごめんなさい」

僕が謝ると、ナターシャは花が萎むようにうつむいた。

「オープニングじゃ、不服か」

「い、いえ、とんでもないです……。っていうか、僕もその、次のクリスマス公演に、出させてもらえるんですか？」

まだ、団長からはっきりとそのことを告げられていなかった。もしかしたら、もっと先になるんじゃないかと思っていた。団長が、薄くなった髪の毛をかき分けながら、僕を見る。

「だから今、こうしてコスチュームを作っているんだろ！　不服なのか」

「いえ、そんなことは……。うれしいです。でも」

「でも、なんだ？」

「あの役が、僕に務まるかどうか……」

お客はまだ、ナットーがこのレインボーサーカスを去り、脱皮してズフラとなったことを知らない。彼女の綱渡りを見たくてやって来る人も、大勢いるだろう。そんな期待に応えられるのかどうか、僕には自信がない。

「馬鹿垂れが！　だから最初に持ってくるんだろ。俺は必ず、まずいもんから口にする主義だ。そうすりゃ、最後には幸せだけが残されるからな」

ようやく団長の意図がわかって、胸を撫でおろす。

「うちは、もともとが場末のサーカス団だ。客はその、舌足らずな感じを味わいたくてやって来る。心配ない。お前の綱渡りなんて、しょせん客がションベンする頃には忘れているさ。それより、いくら自分の番が終わったからって、トイレ掃除を忘れるなよ。人手が足りない分、ひとりで何役もこなさなくちゃ成り立たんのだからな、この貧乏サーカス団は！」

「はい！　がんばります」

僕は、元気よく返事をした。

「衣装は、一週間後にできるからね。それが完成したら、本番まで、実際に袖を通して、具合のよくない所があれば遠慮なく言って」

針子の仕事をしている時のナターシャは、いつもより少し明るかった。巷では、団長がもうそろそろ新しい愛人を連れてくるんじゃないかと、もっぱらの噂である。

その日の夕方、僕は番外地に来て初めて、グランマ宛に手紙を書いた。

僕が、サーカス団の一員として、このクリスマス公演でデビューすることが決まったこと、できればその公演を見にきてほしいこと、その際は、僕がグランマを招待したいこと、この三つを、なるべくわかりやすい単語を選んで、簡単な文章にする。

住所は、おじさんが営むタバコ屋を記した。宛名には、おじさんとグランマ、ふたりの名前を連ねて書いておく。

僕は、手紙が無事グランマに届くことを心から祈った。

16

去年の今頃はもう、クリスマス公演が始まっていた。確か、予定よりも一週間早まったのだ。レインボーサーカスに、予定もへったくれもないのだけど。でも、今年は十二月に入っても、まだ開幕していない。

「もしかして、このまま年が明けちゃう、なんてことには、ならないよね？」

不安になり、つい突拍子もないことをコックに口走ってしまう。

「心配ないさ。きっと、空模様を見極めてんだろ。実際問題として、客が入らないのにサーカスをやっても、無駄な経費がかさむだけだしな」

そう言い終えるや否や、コックは大きく包丁を振りかざし、鶏の頭を思いっきりはねる。反動で、頭がひゅーっとロケットみたいに僕の方に飛んできた。僕は、片手で鶏の頭をキャッチする。

「今日は、何を作るの？」

飛んできた頭を、頭だけ集めたボウルの中に移しながら、僕はたずねた。

「サムゲタンスープさ。美容と健康にいい、東洋のスープだよ。鶏の腹の中に、いろんなもんを詰め込んで煮てスープにするんだ。最近、冷えるからな。これを飲めば、体が温かくなる」

「コックは、いろんな料理を知っているんだね」

まるでコックは、世界中のありとあらゆる料理をすべて知り尽くしているかのようだ。どんなに貧相な材料からでも、見事にそれを一流の味に仕上げる。

「コックは小さい頃から料理が好きで、だから料理人になったの？」

手を動かしながら質問する。

「きれいに内臓を取り出してくれ」

コックが鶏のお腹にナイフで切り込みを入れ、それを僕の方に渡した。僕の手は小さいから、こういう時、隅々にまで指が届く。僕が鶏のお腹に手を差し込み、内臓と格闘していると、

「食べるのは好きだったけど、作る方は全然だったよ。料理をやり始めたのは、ここに雇われてからさ。必要に迫られて覚えたんだ。そうしないと、生きていけなかったからな」

少しも手の動きを止めることなく、コックは言った。

「じゃあ、ここに来る前は？」

一瞬、沈黙の時間が流れた。その質問は、やはりしてはいけなかったのだと反省しかけた時、

「オペラ歌手だった」

コックが、ひそやかな声でつぶやいた。

「えっ、オペラ歌手ってあのオペラ歌手？　すごいよ！　なんで今まで隠してたの？　レコードとかＣＤとか、ないの？」

僕は、続けざまに質問した。そのことが、コックを苦しめるなんて少しも思わずに。

「ある日、ステージの上で声が出なくなってしまったのさ」

コックはさっきと同じように、鶏のお腹にナイフを当てている。

「当時のパトロンのひとりが今の団長の親父でな、その縁で俺は、ここで働かせてもらえるようになったのさ。声の出なくなったオペラ歌手ほど、惨めなものはないよ。今までさんざんスポットライトを浴びて、自分が世界の中心にいるってくらいに勘違いしていたからな。ま、昔の話さ。こんなくだらんこと、さっさと忘れてくれ」

そう言うとコックは、僕が内臓を取り終えた鶏を手に持って、水で洗い始めた。コ

ックがオペラ歌手だったなんて、本当に今の今まで考えてもみなかった。

ニュースが飛び込んできたのは、十二月第二週の火曜日のことだ。いよいよ今週末から、クリスマス公演が開幕するという。しかも、小さな朗報付きだった。

トリッパの箱に住み着いた野良猫（のらねこ）が、芸を覚えたらしいのだ。さっそくコックと共に現場に行くと、テントはすでに、朗報を聞いて駆けつけた野次馬達でいっぱいになっていた。

輪の中心にいるのは団長で、その近くには天井からロープが下がり、中空にはそのロープに体を巻きつけるような格好でトリッパがぶら下がっている。

人垣をかき分けて前の方へ行くと、団長の足元に真っ黒い猫がうずくまっていた。団長はその黒い猫の顔の前で、必死に猫ジャラシを操っている。三分くらい、そんな状況が続いただろうか。黒猫はおもむろに顔を上げ、ロープに体をこすりつけると、そこに手をかけ、一気にトリッパの方へと駆け上がった。

トリッパは、空中で様々にポーズを変え、その体の動きに合わせて、黒猫が移動する。背中から肩へ、首筋を通って肩から頭へ。まるで打ち合わせでもしたみたいだ。

みんな、口をぽかんと開けて、黒猫とトリッパの息の合った演技に見入っている。

「猫に芸をさせることほど、難しいことはないよ。なんたって猫は、女と一緒で気まぐれだからな。どんな猛獣に芸を仕込むのよりも大変さ。こんなことができる猫は、百万匹に一匹いるかいないか。奇跡だよ！　そんな猫が、レインボーサーカスに迷い込むとは」

興奮しているらしく、団長はいつになく早口でまくし立てた。

「ペンギンの、生まれ変わりかもしれん」

「わがレインボーサーカスの、救世主になってくれることを祈ろうじゃないか」

「この猫を、奇跡の黒猫と名付けよう！」

みんな口々に、新しい仲間の誕生を喜び合った。

団長は急きょ、サーカスの進行表を書き直した。よりドラマティックな構成になるよう、黒猫とトリッパの演技を、クライマックスに持ってきたのだ。

公演の開幕を明日に控え、本番さながらのリハーサルが始まる。

全員、ステージ衣装を身につけた。僕も、ナターシャが縫ってくれた衣装に袖を通した。かつて、ナットー時代のズフラが着ていた衣装を、ナターシャが僕の体の寸法に合わせて仕立て直してくれたものだ。白いパンタロンのウェストも、薄い緑色をしたブラウスの肩も、まるでオーダーメイドのように僕のサイズにぴったりと直されている。肩からは、長いマントを羽織った。髪の毛は、トロの整髪料を使い、ローズがセットしてくれた。

「うん、なかなか男前だわ」

舞台裏にある小さな鏡を見ながら、ローズが満足げにうなずいている。けれど僕は恥ずかしくて、あんまりまじまじと自分の顔を見られなかった。髪の毛をそんなふうにセットするなんて、やったことがない。最後はろくに鏡も見ないまま、首の周りにスカーフを巻きつける。一年前、グランマが餞別にと渡してくれた、あのスカーフだ。

これで完成だ。僕はこの格好で、明日から始まる本番にのぞむ。

それにしても、意外だった。レインボーサーカスはすべてが即興なんだと思っていた。だから当然、リハーサルなんてするわけがないと決めてかかっていたのだ。でも、本番さながらの通し稽古をするという。いつもおどけてばかりいる人達も、真剣そのものだ。準備体操に余念がない。

きっと、一年前も同じようにリハーサルをやっていたのだろう。でも僕はまだここに来たばっかりで、そんなこと、少しも気づかなかった。

「本番のつもりで、本気でやれ！」

マイク越しに、団長の怒声が響く。僕は気を引きしめた。他の団員の真似をして、頰っぺたを両手で数回パンパンと叩いて気合いを入れる。

ステージ上では、すでにアウトレットオーケストラの演奏が始まっている。誰かにぽんと背中を押され、僕はステージ上に飛び出した。それから、両手を軽く広げ、小走りで踏み台の方へ移動する。

「もうこの段階で演技が始まっているんだからな！」

団長の声が、また大音量で響いてくる。

僕は階段を一段ずつ、もったいぶってゆっくりと上がった。ライトがまぶしい。明らかに、昨日までの練習の時とは違う。そのせいで、時々綱が見えにくくなる。

「笑顔だ。笑顔を忘れるな」

僕が綱の上で演技をしている間、団長は嫌になるくらいその言葉を繰り返した。

「サーカスに必要なのは、笑顔とユーモアだ。もっと笑え、笑うんだ」

大変な技を演じているのに、それを少しも表に出さない。優れたサーカス人間というのは、概してそういうものだ。そんなこと、頭では十分わかっている。でも、実行に移すのは容易ではない。

時には、ズフラみたいにわざと落っこちそうなふりをして、観客をはらはらさせる。そういう、失敗したふりをすることを、サーカス用語でフェイクと呼ぶ。でも僕にはまだ、フェイクなんてとんでもない。ズフラみたいに、フェイクは、確かな技術が身についているからこそできる、高度な演技だ。ズフラみたいに、綱の上にいることそのものを心から楽しめるようになるまでには、まだまだ長い道のりなのだ。

気がつくと、僕は綱渡りの演技を終え、反対側の踏み台の上にいた。今までと勝手が違うし、団長の声はうるさいし、正直、少しも満足な演技などできなかった。綱渡りをしている時に自分の後姿が見えたことがあったけれど、あれは幻だったのだろうか。

気が散って、そんな状態には少しもなれない。もう一回やらせてほしいと思った。でも、すでにステージ上では次の演技が始まっている。アウトレットオーケストラの奏(かな)でる音楽も、違う曲になっていた。

「不服なのか？」

舞台裏に戻ると、すっかりクラウンに様変わりしたトロが話しかけてきた。胸に、赤ん坊を抱いている。僕は、悔しさのあまり泣き出しそうになった。誰もいなかったら、間違いなく大声で泣きわめいていただろう。それくらい悔しかったし、不満がくすぶっていた。けれど十四歳になった分別が、僕をかろうじて大人の領域に踏みとどまらせた。

「最初は誰だって、そんなもんさ。ステージの魔力にのまれて、持ってる力の一割も発揮できない。これに客が入ったら、空気はもっともっと分厚くなる。こんなちっぽけなステージでも、舞台ってものは偉大だよ」

「トロも、そうだった？」

「当然さ、俺なんかいまだに、観客が怖いもん。それより、ほら」

トロが、ステージを指差す。そこには、ローズと白馬が、床の上で、軽快なショーを見せている。

「もっと大きいステージがあれば、本来の馬に乗った曲馬芸が披露できるんだけど、ここじゃ、やれる演技が限られてくるからね」

トロは少し残念そうだ。僕も、ローズと白馬が、外を思いっきり駆けまわっている姿を知っている。あれをサーカスの本番でもできたらいいのに、と思う。でも、こっちはこっちで美しかった。僕達は、今できることをやるしかない。

テンペ様は、一年前の公演の時より更に高く椅子（いす）を積み上げた。テキーラは口から火を噴き出すだけではなく、今回は水を入れたドラム缶の中に潜り、団長がその上にオイルをたらして火を放ち、そこから脱出を試みるという高度な技に挑戦した。テキーラの嫁は、かなり過激な衣装で空中ブランコを披露した。キャビアのジャグリングにはより一層磨きがかかり、あまりにも卵の動きが速すぎて静止画像を見ているようだった。

驚いたのは、テリーヌが、いつも頭から被っていたスカーフを外し、素顔でステージに登場したことだ。「満月の夜の大事件」で、親友の鳥使い、クスクスを介抱していて象に蹴飛ばされた顔だった。すっかり他人の顔になってしまったと聞いていたけれど、僕の目には、それでも十分美しかった。

チェリー姉妹の軟体人間ショーは、まるで万華鏡をのぞいているようだった。線対称になったり、点対称になったり、変幻自在にくねくねと形を変える。どれがどっちの手だか足だか、もはや判別不可能で、四本の手と四本の足が複雑に入り乱れていた。トリッパは見事ダイエットに成功し、突如舞い込んだ奇跡の黒猫と共に、クライマックスを華々しく飾った。他にも、数多くの芸が進化を遂げている。

もちろん、僕は客席にいたわけではないから、リハーサルのすべてを事細かに目撃していない。舞台裏では、道具類の整理整頓に走り回らなくちゃいけないし、本番の時はその合間に客用のトイレ掃除もある。ステージ上を同時中継するカメラが設置されているわけでもない。でも、僕にはなんとなくだけどわかったのだ。

リハーサルは終了し、あとは明日の本番を待つだけだ。

ベッドに入り、僕は心の中でズフラに話しかける。

ねぇ、本当に僕、ズフラみたいな綱渡り師になれるかな？

もちろん、ズフラからの返事はない。ただただ、静寂と北風の音が交互に不気味な曲を奏でるだけだ。


クリスマス公演の初日、番外地に雪が舞った。初雪だ。団長の天気の読みが、見事に的中したことになる。

「グッドタイミングじゃないか」

厨房(ちゅうぼう)の窓から空を見上げ、コックがつぶやく。

「とうとう少年も、デビューってわけだな」

「うん、いろいろ、どうもありがとう」

「なーに、俺はなんにもしていないよ。お礼を言いたいのは、こっちさ」

ふと見ると、コックが目を潤(うる)ませている。

「泣かないでよ」

「玉ねぎが目に染みてるだけさ」

「玉ねぎなんか、切ってないくせに」

コックがまな板の上で刻んでいるのは、玉ねぎではなくてポロネギだ。

「ところで少年、名前はもう決めたのか？」

「名前？」

「そうさ、芸名だよ。ここでは、ステージデビューする時に名前をつけるっていうしきたりなんだ。前に話さなかったかい？」

そう言われれば、そんな気もする。でも、デビューする時に、というのは聞いたことがない。

「食べ物の名前でしょう？　コックが決めてよ」

僕は軽い気持ちでコックに頼んだ。けれど、それがコックの癇にさわったらしい。

「そんなのルール違反だろ！　名前をつける、ってことは、責任があるんだ。そのものよりも、上に立つってことだからね。だから、自分の名前は自分で決めなくちゃいけない。自分の体も自分の心も、所有者は自分自身なんだから！」

コックを怒らせたかと思って謝ろうとした時、

「すまん、せっかくのデビューの日に」

コックの方が肩を落とした。

これまでずっと、コックと一緒だった。でも、ステージデビューを機に、僕にも専用の箱がもらえる。つまりは、そろそろ所帯を持てということだ。ステージに立つようになったら、今までのように厨房に入り浸ることもできないだろう。そう考えると、僕は淋しくてたまらない。コックがいたからこそ、今までやってこられたのだ。

「泣くなって」

コックが、僕の肩に大きな手のひらをどすんとのせる。

「泣いてないよ」

僕は目じりをごしごしと拭いながら、強い口調で言い返した。

「目にゴミが入っただけ」

「そうか、なら俺も、目にゴミが入ったってことにしとくよ」

見上げると、コックは今にもわーっと泣き出しそうな顔になっている。それからふたりとも、目の前の仕事に専念した。

名前に関してアイディアが浮かんだのは、トリッパに入れる材料を、コックと並んで片っ端から刻んでいる時だ。

「あの、トマト味のちょっと酸っぱいスープ、なんて言ったっけ？」

「少年の好物なのか？」

コックは、スプーンに少しだけスープをとってから、慎重に味を確かめている。

「違うよ、僕の好物じゃなくて、グランマがよく飲んでたんだ。細かく刻んだサラミとかピクルスなんかが入ってて、瓶詰めにされているのを、いつもグランマがおいしそうに飲んでたの」

「もしかして、ソリャンカのことか？」

コックが、不思議な響きを口にした。その数秒後、僕は大声で叫んだ。

「そう、そう！　ソリャンカだよ、ソリャンカ」

思い出した。コックが満足そうに腕組みをする。

「コックも、ソリャンカを知ってるの？」

「あぁ、もちろんさ」

遠い目をしてコックが答えた。

「ワイフが好きで、時々食べてた。俺には少々しょっぱかったが、二日酔いにきくとか言われててな、よく一緒に食べたものさ」

「ワイフって、コック、独身じゃなかったんだね」

なんとなくだけど、僕はてっきりコックがひとり身なんじゃないかと思い込んでいた。

「まぁな、だけど昔の話だよ。声が出なくなって、オペラ歌手としての人生が続けられなくなったとわかったとたん、子どもを連れてさっさと家を出ちまった。もう十年以上会っていない」

さばさばとした口調でそう言うと、コックは最後にひとつまみの塩を加え、納得した様子で火を消した。これで、今日の晩ご飯の準備はすべて整ったことになる。

「いろいろ、世話になったな」

僕の方から挨拶(あいさつ)をしなくちゃいけないのに、コックの方が先に右手を差し出した。

「コック、どうもありがとう」

ふかふかと肉厚のコックの手が、僕の手のひらをぎゅっとつかむ。

「健闘を祈ってる」

何かが終わり、また新しく何かが始まる。


「ソリャンカ！」

踏み台の階段を上がりながら、懐(なつ)かしい声が耳に届いた。僕がプレゼントした若草色のハンカチを振っているのは、間違いなくグランマだ。その隣には、スーツにネクタイをしめたおじさんもいる。

踏み台の上から、こんなにも人の顔がよく見えるとは思わなかった。お客のひとりひとりの表情が、まるで望遠鏡をのぞくようにはっきり見える。後方の階段席には、マカロンの姿もある。もしかすると、まだチャンスが残されているのかもしれない。

僕は台の上で姿勢を正し、目を閉じてアウトレットオーケストラの演奏に耳を傾けた。心の中で静かに数をかぞえながら、呼吸を落ち着ける。

今だ。

誰かが、僕の耳元でささやいた。僕は、綱の上に爪先(つまさき)をかける。

一本の細い綱が鮮やかな虹(にじ)になるのをイメージした。虹が、ふわりと柔らかく、僕の体を受け止める。その瞬間、僕は虹の上のソリャンカになる。

僕は、虹の上をそっと歩く。そしてこれからもずっと、未来を見つめて歩き続ける。

解説――「魔法のキャンディ」はそこに在るか

ミムラ

「それは、いくら舐めても永遠に小さくならない魔法のキャンディのようで、何回でも僕の脳味噌を心地よく麻痺させた」

イケナイお薬の話ではなく、冒頭に出てくる主人公の「僕」がレインボーサーカスについて思い返している時の描写である。それだけ甘く強く主人公の心を痺れさせ、物語の幕が開けていく、重要なこの一文。これを目にしている時、私の舌は思わず口内をぐるりと蠢いた。自分にとっての魔法のキャンディが小さくなっていないかと、チェックしてしまったのだ。

両親の離婚でひとりぼっちになった「僕」は、13歳の誕生日を迎え、憧れのサーカスの世界で生きていくことを決める。この「僕」の地道で一生懸命な、優しさに溢れた物語を大満足で読み終えてから、改めて――そもそも、自分のキャンディはいつから舐めていたかな」と、デビュー当時まで戻って、まじまじ考えてしまった。

「役者になりたい」という願望が固まりきる前にオーディションを勝ち抜いてしまい、急に上座の主役席に座ることになって焦った経緯がある。突然、薄味の巨大キャンディで口いっぱい、という感じのスタートだった（とびきりのキャンディを見つけてサーカスに飛び込んだ「僕」とは、真逆と言っていい）。そこに重責と疲労が重なり苦しくなっていき、色々と考え抜いた末、休養に入った。自分がどんな人間であったかも忘れてしまうような日々の蓄積で、鈍感になっていた〝人生を味わう舌〟。味のしない状態を打破し、なんとか鮮明な味覚を呼び戻したい一心だったように思う。

　そして休養を終えた2年後、私は最高の甘美を味わっていた。今までとは違う、美味しく味わえる大きさのキャンディから、とてつもない甘みがほとばしって口内を満たす。それを堪能する舌の感度も良好。時々降って湧く酸っぱさや苦味さえも、しっかりと味わえるようになり、「お芝居って楽しい！」と、ストレートに思えるようになった。「僕」の言うように〝いくら舐めても永遠に小さくならない魔法のキャンディ〟だと心の底から感じたし、それに従事できる日々の幸せがたまらなかった。

　そんなこんなで芸歴は14年だが、魔法のキャンディを味わいだしてからは約10年の今。この物語を読んで、「僕」のサーカスへの熱中ぶり、全く何もないところから憧れの場に居場所をつくるための誠実な取り組みの数々を眩しく目撃し、翻って自分のキャンディの状態が心配になったというわけだ。

じっと胸に手を当て正直に考えてみたところ、まだキャンディは小さくならずに存在しているし、美味しい。私は変わらずお芝居が大好きだ。

しかし、どこかでその味に物足りなさを感じるような、重要な約束を忘れているような気持ちになることも発見した。「若い」という可能性から役を預ける確率の高い20代を終え、中堅となる30代に入ったことも関係しているような気がする。サーカスの一員になるため奮闘した「僕」の純真さに煽られて、私もこの件にしっかり向き合ってみたくなった。さて、私は何を不安がっているのか。

それを紐解くには、サーカスと芝居の違いを考えてみる必要がありそうだ。

華やかな楽しさと、その陰にある少しの物悲しさ。変わっていかなければいけないものと、守らないと続けられないこと。どこか刹那的で、それゆえ熱を帯びるような……。サーカスには本当に色々なエッセンスが含まれている。大きな括りでは同じ「芸能」の枠内に居る私達役者も、似ていると感じる。公の華やかさと、その裏に落ちる影。目新しさの提供と、王道を守る大事さ。作品人気の沸騰から忘れられるまでの早さも、インターネットの普及により加速して刹那的だ。

それでもまるで大きく違う点は（これはレインボーサーカスに特化していえることだが）、「クラシックかどうか」だと思う。

「サーカス」は鍛錬された人間がいて、簡単な道具があればどこでもできる見世物であり、国境すら越えていく。対する「芝居」は、観客のニーズに合わせ前へ前へ最新を追い求める傾向があり、台詞という道具の都合上、言語の壁も高い。映像という加工可能なものであればまた別だが、生身での勝負は難しいのが現実だ。しかし、「伝統芸能」と呼ばれるものになると、途端に言語の違いは問題なくなってくるし、シェークスピア演劇の逆輸入欧州上演というものもあると聞く。クラシック＝古典という大樹から派生したものであれば、根は共通しているということだろう。

この根が、サーカスにはしっかりある気がする。

実際に「僕」は〝綱渡り〟と〝ジャグリング〟をそれぞれ別の団員仲間から教わり、オリジナルの芸として純度を高め、ステージへと繋げていった。自らの人生に意味を見出すべく全てを仕事に投じる決心をし、出し惜しみせずその熱意を目の前のことに注ぎ続ける姿を、応援せずにはいられなかった。

そうして読者としては微笑ましく見守りながらも、一方で、同列に立つパフォーマーとしてはとてつもなく羨ましく感じられたのが本音だ。思いやりと円熟味溢れた仲間に恵まれつつ、甘やかされるのではなくむしろ厳しさを伴って個人として尊重され、一人のパフォーマーとして自立していく様子は、本当に清々しかった。そして、ステージに立つ「僕」の後ろには、その芸をこれまで何百年と伝承してきたサーカス団員達がいて、常に支えているのだ。

なるほど、と深く納得した。

私が役者として舐め続けて10年目のキャンディの状態に不安を覚え始めたのは、伝統や伝承に憧れながらも、まだ自分がその媒体として成り立つまでには至っていないからだ。与えてもらった役割に夢中になりながらも、それを見た人が受け取るキャンディについては考えがなかった。ではどうすればいいか？

すぐに、実はもう答えをしっかり手にしていることに気がついた。全て本作中にあったのである。

マダムが（もしや命を削ってしまうほどに）丹精こめて作っていた、美味しい〝リングリングドーナツ〟。安物の偽ドーナツとの違いは、きっと口にする人が感じるはずだ。私もマダムの精神に則って、誤魔化しや嘘のない本物を作っていきたい。

芸の練習に励む「僕」へ繰り返し掛けられる、「笑顔だ、笑顔を忘れるな」という団長の言葉も重い。3人の愛妻との死別、それぞれに才能を開花させていた、娘クスクスの不慮の死、息子トロの事故、そして、女性になることを選んだ息子ナットーとの別離。全てを背負ってのこの発言は、団長がパフォーマーとして超一流であることを示している。公私の分別は出来ても、まだ時折自分を持て余すことのある私には、この徹底ぶりが必要だ。

加えて思い出した、数ヶ月前の実体験がある。

ある俳優さんと互いの腕が触れ合う距離に立ち、ツーショット写真を撮っていた。ポーズを合わせるために、カメラマンから指示が飛ぶ。「もう少し顎を引いて」「左肩をあげて」など、ほんの僅かで見た目の印象が変わるのでかなり細かい内容だ。そこへきて、俳優さんの方へ「少し右へ」と指示が出て、その後に「もうちょっとだけ」と再リクエスト。さらに「体を前に」と要求が続き、「もう少しだけ……ああ、そうそう、それでお願いします！」と計4回の指示で型が決まった。

簡単に言ってしまえば、彼は右に2回、前に2回動いただけである。しかし、この4回の動きだけで、私はまるで難易度の高いサーカスの芸を観たように感激した。

4回の移動全てが、機械で測ったように、寸分違わぬ幅で行われたのだ。毎回きっちり5ミリ幅ほどだろうか。あまりの精密な動きに、鳥肌が立った程だ。
似たような撮影はこれまで何十回も行っているが、お相手の「位置調整」に驚かされたのは初めてである。身体表現の素晴らしい方と存じ上げてはいたが、この「イメージ通り的確に動く体」を習得するため、どれだけのトレーニングや自分への客観視を繰り返してきたか……。決めた位置を動いて差し支えない状況なら、ぴょんぴょん飛び跳ね拍手し、スゴイスゴイと全身で相手を讃えたかった。

それ以後、自分もいつかあんな優れた肉体コントロール（を元にした芝居）をしてみたくて、トレーニングに通う回数を、これまでの倍に増やした。

作品作りで一時的なチームメイトはできるが、役者はそれぞれが看板を背負った個人事業主である。だから純粋な伝統芸能と比べて、「芸」の伝承がないと思っていたが、この件を思い出し、私の心には無性に安心感が広がった。

そうだったのだ。この件だけでなく、先輩方をはじめとする同業者の方々から、多くの技術や考え方、「芸」が伝承されてきて私はここに立っているのだ。休養中最優先したのは、先輩方のお芝居をたくさん観て勉強することだった。しかし画面やスクリーンや舞台から伝わってきたのは、ストーリーや演じる技術などより、むしろ先輩方の〝芝居を楽しむ気持ち〟の方だった。そこで感じたあたたかさから得た、自分もまた演じたいという憧憬が、〝魔法のキャンディ〟を見つけだすことに繋がったのだ。

自分で開発したものではなく、譲り受けたものだったから、お返しがしたい——その想いが眠っていたというわけである。大事な約束を、思い出せた気がした。

10年という一区切りを経て、自身が味わう演目から、人を楽しませキャンディを持ち帰って頂く演目へ、プロとして上演内容を変えるべき時期にきたのだろう。様々な立場・職業の人物を演じることで、それは幅広く実現可能であるはずだ。

いつか誰かが、私の芝居を観て〝いくら舐めても永遠に小さくならない魔法のキャンディ〟を見つけてくれたら、それは多くの同業者への尊敬と、小さな体に雄大な心を秘めた「ソリャンカ」こと「僕」を始めとする、レインボーサーカスの面々から譲り受けたものだと知ってほしい。

最後に。

食いしん坊を自認する私が、あれほど読者として心惹かれてきた、小川糸作品の真骨頂、魅惑の料理の数々について、書くスペースがなくなってしまった！ ショックな終幕だが、それだけ仕事についての意義深い発見の数々があったのだ。
今、この作品に出逢(であ)わせて下さったことを、小川さんに厚く感謝申し上げたい。

（平成二十九年六月、女優・エッセイスト）

この作品は平成二十七年一月新潮社より刊行された。

サーカスの夜(よる)に

新潮文庫　お－86－2

平成二十九年八月一日発行
平成三十年三月十五日二刷

著者　小川(おがわ)糸(いと)

発行者　佐藤隆信

発行所　株式会社新潮社

郵便番号　一六二―八七一一
東京都新宿区矢来町七一
電話　編集部(〇三)三二六六―五四四〇
　　　読者係(〇三)三二六六―五一一一
http://www.shinchosha.co.jp

価格はカバーに表示してあります。

乱丁・落丁本は、ご面倒ですが小社読者係宛ご送付ください。送料小社負担にてお取替えいたします。

印刷・大日本印刷株式会社　製本・加藤製本株式会社

ISBN978-4-10-138342-2 C0193